叩访名家丛书

名家 叩访

季羡林 著

浙江文艺出版社

季羡林

散文精选

少年版

◎ 仍然有一幅充满了魔力的网笼罩着我的全身。我迷惘地随了他走。终于在康德街找到了一家表铺。　　——《表的喜剧》

◎ 我只在爬到了一定的阶段时，才停下脚步，小心地抬头向身后和左右看上一看，但见峭壁千仞，高岭入云，幽篁参天，苍松夹道，鸟鸣相和，蝉声四起。

——《登黄山记》

前言

　　季羡林先生生于 1911 年 8 月,山东临清人。他从小家境贫寒,在亲戚的帮助下才得到受教育的机会。1930 年他同时被清华大学与北京大学录取。他选择了清华大学,入西洋文学系,师从著名学者吴宓、叶公超学东西诗比较、英文,并选修国学大师陈寅恪的佛经翻译文学、美学大师朱光潜的文艺心理学。根据清华大学文学院与德国交换研究生协定,清华招收赴德研究生,季羡林被录取,随即到德国,并于 1935 年入德国哥廷根大学主修印度学。1946 年回国后,被聘为北京大学教授兼东方语言文学系主任。1956 年当选为中国科学院哲学与社会科学学部委员,1978 年后曾任北京大学副校长,先后担任过中国外国文学学会、中国南亚学会、中国外语教学研究会、中国语言学会、中国敦煌吐鲁番学会、中国亚非学会等学会的会长。

　　季羡林先生从就读高中开始笔耕不辍,创作并发表小说,翻译屠格涅夫的散文作品,其文学才华初露端倪。在清华大学读书期间,写作的《年》《黄昏》《寂寞》《枸杞树》等散文,直到今天,还是赢得一片赞美之声。留德初期,为了选择一条合适的学术道路,他徘徊踯躅。"我梦想,我到哥廷根……我能读一点书,读点古代有过光荣而这光荣将永远不会消灭的文字。""我不知道我能不能捉住这梦。其实又有谁知道呢?"幸而这种混乱只是暂时的,他觉得"非读梵文不行。中国文化受印度文化影响太大了。我要对中印文化关系彻底研究一下,或能有所发明"。"命运允许我坚定了我的信念。我毕生要走的道路终于找到了,我沿着这一条道路一直走了半个多世纪,一直走到现在,而且还要走下去。"季羡林学习异常勤奋,在论文答辩和印度学、斯拉夫语言、英文考试中得到四个"优",获得博士学位。当时正值二次大战期间,哥廷根也遭到轰炸,"同轰炸并驾齐驱的是饥饿",而"随着形势的日益险恶,我的怀乡之情也日益腾涌"。就在这样的环境中,他仍发表了多篇论文,获得国际学术界的高度评价。这段留德的经历,被他写入散文体自传《留德十年》中,该书多次再版,经久不衰。

回国后,他致力于梵学、佛学、吐火罗文研究,并在中国文学、比较文学、文艺理论研究上建树颇多,发表了大量的学术论文,出版了《中印文化关系史论丛》《印度简史》《罗摩衍那初探》《印度古代语言论集》《佛教与中印文化交流》《简明东方文学史》等学术专著,成为我国当代学贯中西、声望卓著的大师。同时他还进行了大量的翻译工作,译著包括译自梵文的印度古代两大史诗之一的《罗摩衍那》、印度著名剧本《沙恭达罗》《优哩婆湿》、印度古代寓言故事集《五卷书》等。他还主持编纂了《四库全书存目丛书》,先后担任《神州文化集成》《传世藏书》《百卷本中国历史》等大型丛书的主编,在传播中国传统文化、弘扬中华民族精神方面发挥了重要作用。

目录

3

两行写在泥土地上的字

夜里有雷阵雨,转瞬即停。"薄云疏雨不成泥",门外荷塘岸边,绿草坪畔,没有积水,也没有成泥,土地只是湿漉漉的。一切同平常一样,没有什么特异之处。

我早晨出门,想到外面呼吸点新鲜空气。这也同平常一样,并没有什么特异之处,然而,我的眼睛一亮,蓦地瞥见塘边泥土地上有一行用树枝写成的字:

　　季老好　　98级日语

回头在临窗玉兰花前的泥土地上也有一行字:

　　来访　　98级日语

我一时懵然,莫名其妙。还不到一瞬间,我恍然大悟:98级是今年的新生。今天上午,全校召开迎新大会;下午,东方学系召开迎新大会。在两大盛会之前,这一群(我不知道准确数目)从未谋面的十七、十八、十九岁男女大孩子,先到我家来,带给我无法用言语形容的这一份深情厚谊。但他们恐怕是怕打扰我,便想出了这一个惊人的匪夷所思的办法,用树枝把他们的深情写在了泥土地上。他们估计我会看到的,便悄然离开了我的家门。

我果然看到了他们留下的字。我现在已经望九之年,我走过的桥比这一帮大孩子走过的路还要长,我吃过的盐比他们吃过的面还要多,自谓已经达到了"悲欢离合总无情"的境界。然而,今天,我一看到这两行写在泥土地上的字,我却真正动了感情,眼泪一下子涌出了眼眶,双双落到了泥土地上。

我是一个平凡的人,生平靠自己那一点勤奋,做出了一点微不足道的成绩。对此我并没有多大信心。独独对于青年,我却有自己的 套看法。我认为,我们中年人或老年人,不应当一过了青年阶段,就忘记了自己当年穿开裆裤的样子,好像自己一下生就老成持重,对青年总是横挑鼻子竖挑眼。我们应当努力理解青年,同情青年,帮助青年,爱护青年。不能要求他们总是四平八稳,总是温良恭俭让。我相信,中国青年都是爱国的,爱真理的。即使有什么"逾矩"的地方,也只能耐心加以劝说,惩罚是万不得已而为之的。一个国家,一个民族,如果对自己的青年失掉了信心,那它就失掉了希望,失掉了前途。我常常这样想,也努力这样做。在风和日丽时是这样,在阴霾蔽天时也是这样。这要不要冒一点风险呢?要的。但我人微言轻,人小力薄,除了手中的一支圆珠笔以外,就只有嘴里那三寸不烂之舌,除了这样做以外,也没有别的办法。

大概就由于这些情况，再加上我的一些所谓文章时常出现在报刊上,有的甚至被选入中学教科书,于是普天下青年男女颇有知道我的姓名的。青年们容易轻信,他们认为报刊上所说的都是真实的,就轻易对我产生了一种好感,一种情意。我现在几乎每天都能收到全国各地,甚至穷乡僻壤、边远地区青年们的来信,大中小学生都有。他们大概认为我无所不能,无所不通,而又颇为值得信赖,向我提出各种各样的问题,有的简直石破天惊;有的向我倾诉衷情。我想,有的事情他们对自己的父母也未必肯讲的,比如想轻生自杀之类。他们却肯对我讲。我读到这些书信,感动不已。我已经到了风烛残年,对人生看得透而又透,只等造化小儿给我的生命画上句号。然而这些素昧平生的男女大孩子的信,却给我重新注入了生命的活力。苏东坡的词说:"谁道人生无再少? 门前流水尚能西。休将白发唱黄鸡。"我确实有"再少"之感了。这一切我都要感谢这些男女大孩子。

东方学系 98 级日语专业的新生一定就属于我在这里说的男女大孩子们。他(她)所在五湖四海的什么中学里,读过我写的什么文章,听到过关于我的一些传闻,脑海里留下了我的影子。所以,一进燕园,赶在开学之前,就迫不及待地把自己那一份情意,用他们自己发明出来的也许从来还没有被别人使用过的方式,送到了我的家门来,惊出了我的两行老泪。我连他们的身影都没有看到,我看到的只是清塘里面的荷叶。此时虽已是初秋,却依然绿叶擎天,水影映日,满塘一片浓绿。回头看到窗前那一棵玉兰,也是翠叶满枝,一片浓绿。绿是生命的颜色,绿是青春的颜色,绿是希望的颜色,绿是活力的颜色。这一群男女大孩子正处在平常人们所说的绿色年华中, 荷叶和玉兰所象征的正是他们。我想，他们一定已经看到了绿色的荷叶和绿色的玉兰。他们的影子一定已经倒映在荷塘的清水中。虽然是转瞬即逝，连他们自己也未必注意到，可他们与这一片浓绿真可以说是相得益彰，溢满了活力，充满了希望，将来左右这个世界的，决定人类前途的正是这一群年轻的男女大孩子。他们真正让我"再少"，他们在这方面的力量决不亚于我在上面提到的那些全国各地青年的来信。我虔心默祷——虽然我并不相信——造物主能从我眼前的八十七岁中抹掉七十年，把我变成一个十七岁的少年，使我同他们一起学习，一起娱乐，共同分享普天下的凉热。

一九九八年九月二十五日

三个小女孩

我生平有一桩怪事:一些孩子无缘无故地喜欢我,爱我;我也无缘无故地喜欢这些孩子,爱这些孩子。如果我以糖果饼饵相诱,引得小孩子喜欢我,那是司空见惯,平平常常,根本算不上什么"怪事"。但是,对我来说,情况却绝对不是这样。我同这些孩子都是偶然相遇,都是第一次见面,我语不惊人,貌不压众,不过是普普通通,不修边幅,常常被人误认为是学校的老工人。这样一个人而能引起天真无邪、毫无功利目的、两三岁以至十一二岁的孩子的欢心,其中道理,我解释不通,我相信,也没有别人能解释通,包括赞天地之化育的哲学家们在内。

我说这是一桩"怪事",不是恰如其分吗?不说它是"怪事",又能说它是什么呢?

大约在五十年代,当时老祖和德华还没有搬到北京来。我暑假回济南探亲。我的家在南关佛山街。我们家住西屋和北屋,南屋住的是一家姓田的木匠。他有一儿二女,小女儿名叫华子,我们把这个小名又进一步变为爱称："华华儿"。她大概只有两岁，路走不稳，走起来晃晃荡荡，两条小腿十分吃力，话也说不全。按辈分，她应该叫我"大爷"；但是华华还发不出两个字的音，她把"大爷"简化为"爷"。一见了我，就摇摇晃晃，跑了过来，满嘴"爷"、"爷"不停地喊着。走到我跟前，一下子抱住了我的腿，仿佛有无限的乐趣。她妈喊她，她置之不理，勉强抱走，她就哭着奋力挣脱。有时候，我在北屋睡午觉，只觉得周围鸦雀无声，阒静幽雅。"北堂夏睡足"，一枕黄粱，猛一睁眼：一个小东西站在我的身旁，大气不出。一见我醒来，立即"爷"、"爷"叫个不停，不知道她已经等了多久了。我此时真是万感集心，连忙抱起小东西，连声叫着"华华儿"。有一次我出门办事，回来走到大门口，华华妈正把她抱在怀里，她说，她想试一试华华，看她怎么办。然而奇迹出现了：华华一看到我，立即用惊人的力量，从妈妈怀里挣脱出来，举起小手，要我抱她。她妈妈说，她早就想到有这种可能，但却没有想到华华挣脱的力量竟是这样惊人地大。大家都大笑不止，然而我却在笑中想流眼泪。有一年，老祖和德华来京小住，后来听同院的人说，在上着锁的西屋门前，天天有两个小动物在那里蹲守：一个是一只猫，一个是已经长到三四岁的华华。"可怜小儿女，不解忆长安"。华华大概还不知道什么北京，不知道什么别离。天天去蹲守，她那天真稚嫩的心灵里，不知是什么滋味，望眼欲穿而不见伊人。她的失望，她的寂寞，大概她自己也说不出，只能意会而不能言传了。

上面是华华的故事，下面再讲吴双的故事。

八十年代的某一年，我应邀赴上海外国语大学去访问。我的学生吴永年教授十分热情地招待我。学校领导陪我参观，永年带了他的妻子和女儿吴双来见我。吴双大概有六七岁光景,是一个秀美、文静、活泼、伶俐的小女孩。我们是第一次见面,最初她还有点腼腆,叫了一声"爷爷"以后,低下头,不敢看我。但是,我们在校园中走了没有多久,她悄悄地走过来,挽住我的右臂,扶我走路,一直偎依在我的身旁,她爸爸妈妈都有点吃惊,有点不理解。我当然更是吃惊,更是不理解。一直等到我们参观完了图书馆和许多大楼,吴双总是寸步不离地挽住我的右臂,到我们不得不离开学校,不得不同吴双和她爸爸妈妈分手时,吴双眼睛中流露出依恋又颇有一点凄凉的眼神。从此,我们就结成了相差六七十岁的忘年交。她用幼稚但却认真秀美的小字写信给我。我给永年写信,也总忘不了吴双。我始终不知道,我有什么地方值得这样一个聪明可爱的小女孩眷恋。

上面是吴双的故事,现在轮到未未了。未未是一个十二岁的小女孩,姓贾。爸爸是延边大学出版社的社长,学国文出身,刚强、正直、干练,是一个决不会阿谀奉承的硬汉子。母亲王文宏,延边大学中文系副教授,性格与丈夫迥乎不同,多愁、善感、温柔、淳朴、感情充沛,用我的话来说,就是:感情超过了需要。她不相信天底下还有坏人,她是个才女,写诗,写小说,在延边地区颇有点名气,研究的专业是美学、文艺理论与禅学,是一个极有前途的女青年学者。十年前,我在北大通过刘烜教授的介绍,认识了她。去年秋季她又以访问学者的名义重返北大,算是投到了我的门下。一年以来,学习十分勤奋。我对美学和禅学,虽然也看过一些书,并且有些想法和看法,写成了文章,但实际上是"野狐谈禅",成不了正道。蒙她不弃,从我受学,使得我经常觳觫不安,如芒刺在背。也许我那一些内行人决不会说的石破天惊的奇谈怪论,对她有了点用处?连这一点我也是没有自信的。

由于她母亲在北大学习,未未曾于寒假时来北大一次,她父亲也陪来了。第一次见面,我发现未未同别的年龄差不多的女孩不一样。面貌秀美,逗人喜爱;但却有点苍白。个子不矮,但却有点弱不禁风。不大说话,说话也是慢声细语。文宏说她是娇生惯养惯了,有点自我撒娇。但我看不像。总之,第一次见面,这个东北长白山下来的小女孩,对我成了个谜。我约了几位朋友,请她全家吃饭。吃饭的时候,她依然是少言寡语。但是,等到出门步行回北大的时候,却出现了出我意料的事情。我身居师座,兼又老迈,文宏便从左边扶住我的左臂搀扶着我。说老实话,我虽老态龙钟,但却还不到非让人搀扶不行的地步;文宏这一番心意我却不能拒绝,索性倚老卖老,任她搀扶,倘若再递给我一个龙头拐杖,那就很有点旧戏台上佘太君或者国画大师齐白石的派头了。然而,正当我在心中暗暗觉得好笑的时候,未未却一步抢上前来,抓住了我的右臂来搀扶住我,并且示意她母亲放松抓我左臂的手,仿佛搀扶我是她的专利,不许别人插手。她这一举动,我确实没有想到。然而,事情既然发生——由它去吧!

过了不久,未未就回到了延吉。适逢今年是我八十五岁生日,文宏在北大虽已结业,却专门留下来为我祝寿。她把丈夫和女儿都请到北京来,同一些在我身边工作了多年的朋友,为我设寿宴。最后一天,出于玉洁的建议,我们一起共有十六人之多,来到了圆明园。圆明园我早就熟悉,六七十年前,当我还在清华大学读书的时候,晚饭后,常常同几个同学步行到圆明园来散步。此时圆明园已破落不堪,满园野草丛生,狐鼠出没,"西风残照,清家废宫",我指的是西洋楼遗址。当年何等辉煌,而今只剩下几个汉白玉雕成的古希腊式的宫门,也都已残缺不全。"牧童打碎了龙碑帽",虽然不见得真有牧童,然而情景之凄凉、寂寞,恐怕与当年的明故宫也差不多了。我们当时还都很年轻,不大容易发思古之幽情,不过爱其地方幽静,来散散步而已。

新中国成立后,北大移来燕园,我住的楼房,仅与圆明园有一条马路之隔。登上楼旁小山,遥望圆明园之一角绿树荟郁,时涉遐想。今天竟然身临其境,早已面目全非,让我连连吃惊,仿佛美国作家 Washington Irving 笔下的 Rip Van Winkle "山中方七日,世上几千年",等他回到家乡的时候,连自己的曾孙都成了老爷爷,没有人认识他了。现在我已不认识圆明园了,圆明园当然也不会认识我。园内游人摩肩接踵,多如过江之鲫。而商人们又竞奇斗妍,各出奇招,想出了种种的门道,使得游人如痴如醉。我们当然也不会例外,痛痛快快地畅游了半天,福海泛舟,饭店盛宴。我的"西洋楼"却如蓬莱三山,不知隐藏在何方了。

第二天是文宏全家回延吉的日子。一大早,文宏就带了未未来向我辞行。我上面已经说到,文宏是感情极为充沛的人,虽是暂时别离,她恐怕也会受不了。小萧为此曾在事前建议过:临别时,谁也不许流眼泪。在许多人心目中,我是一个怪人,对人呆板冷漠,但是,真正了解我的人却给我送了一个绰号:"铁皮暖瓶",外面冰冷而内心极热。我自己觉得,这个比喻道出了一部分真理,但是,我现在已届望九之年,我走过阳关大道,也走过独木小桥,天使和撒旦都对我垂青过。一生磨练,已把我磨成了一个"世故老人",于必要时,我能够运用一个世故老人的禅定之力,把自己的感情控制住。年轻人,道行不高的人,恐怕难以做到这一点。

现在,未未和她妈妈就坐在我的眼前。我口中念念有词,调动我的定力来拴住自己的感情,满面含笑,大讲苏东坡的词:"月有阴晴圆缺,人有悲欢离合,此事古难全。"又引用俗语:"千里搭凉棚,没有不散的筵席。"自谓"口若悬河泻水,滔滔不绝"。然而,言者谆谆,而听者藐藐。文宏大概为了遵守对小萧的诺言,泪珠只停留在眼眶中,间或也滴下两滴。而未未却不懂什么诺言,不会有什么定力,坐在床边上,一语不发,泪珠仿佛断了线似的流个不停。我那八十多年的定力有点动摇了,我心里有点发慌。连忙强打精神,含泪微笑,送她母女出门。一走上门前的路,未未好像再也忍不住了,一把抓住了我的胳臂,伏在我怀里,哭了起来。热泪透过了我的衬衣,透过了我的皮肤,热意一直滴到我的心头。我忍住眼泪,捧起未未的脸,说:"好孩子!不要难过!我们还会见面的!"未未说:"爷爷!我会给你写信的!"我此时的心情,连才尚未尽的江郎也是写不出来的,他那名垂千古的《别赋》中,就找不到对类似我现在的心情的描绘,何况我这样本来无才可尽的俗人呢?我挽着未未的胳臂,送她们母女过了楼西曲径通幽的小桥。又忽然临时顿悟:唐朝人送别有灞桥折柳的故事。我连忙走到湖边,从一棵垂柳上折下了一条柳枝,递到文宏手中。我一直看她母女俩折过小山,向我招手,直等到连消逝的背影也看不到的时候,才慢慢地走回家来。此时,我再不需要我那劳什子定力,索性让眼泪流个痛快。

三个女孩的故事就讲完了。

还不到两岁的华华为什么对我有这样深的感情,我百思不得其解。

六七岁第一次见面的吴双,为什么对我有这样深的感情,我千思不得其解。

十二岁、下半年才能上初中的未未,为什么对我有这样深的感情,我万思不得其解。   ·

然而这都是事实,我没有半个字的虚构。我一生能遇到这样三个小女孩,就算是不虚此生了。

到今天,华华已经超过四十岁。按正常的生活秩序,她早应该"绿叶成荫"了,不知道她是否还记得我这"爷"?

吴双恐大学已经毕业了,因为我同她父亲始终有联系,她一定还会记得我这样一位"北京爷爷"的。

至于未未,我们离别才几天。我相信,她会遵守自己的诺言给我写信的。而且她父亲常来北京,她母亲也有可能再到北京学习、进修。我们这一次分别,仅仅不过是为下一次会面创造条件而已。

像奇迹一般,在八十多年内,我遇到了这样三个小女孩,是我平生一大乐事,一桩怪事,但是人们常说,普天之下,没有无缘无故的爱。可是我这"缘"何在?我这"故"又何在呢?佛家讲因缘,我们老百姓讲"缘分"。虽然我不信佛,从来也不迷信,但是我却只能相信"缘分"了。在我走到那个长满了野百合花的地方之前,这三个同我有着说不出是怎样来的缘分的小姑娘,将永远留在我的记忆中,保留一点甜美,保留一点幸福,给我孤寂的晚年涂上点有活力的色彩。

选自《一九九六年中国散文精选》

我的书斋

最近身体不太好。内外夹攻,头绪纷繁,我这已届耄耋之年的神经有点吃不消了。于是下定决心,暂且封笔。乔福山同志打来电话,约我写点什么。我遵照自己的决心,婉转拒绝。但一听这题目是《我的书斋》,于我心有戚戚焉,立即精神振奋,暂停决心,拿起笔来。

我确实有个书斋,我十分喜爱我的书斋,这个书斋是相当大的,大小房间,加上过厅、厨房,还有封了顶的阳台,大大小小,共有八个单元。册数从来没有统计过,总有几万册吧。在北大教授中,"藏书状元"我恐怕是当之无愧的。而且在梵文和西文书籍中,有一些堪称海内孤本。我从来不以藏书家自命,然而坐拥如此大的书城,心里能不沾沾自喜吗?

我的藏书都像是我的朋友,而且是密友。我虽然对它们并不是每一本都认识,它们中的每一本却都认识我。我每一走进我的书斋,书籍们立即活跃起来,我仿佛能听到它们向我问好的声音,我仿佛能看到它们向我招手的情景,倘若有人问我,书籍的嘴在什么地方,而手又在什么地方呢?我只能说:"你的根器太浅,努力修持吧。有朝一日,你会明白的。"

我兀坐在书城中,忘记了尘世的一切不愉快的事情,怡然自得。以世界之广,宇宙之大,此时却仿佛只有我和我的书友存在。窗外粼粼碧水,丝丝垂柳,阳光照在玉兰花的肥大的绿叶子上,这都是我平常最喜爱的东西,现在也都视而不见了。连平常我喜欢听的鸟鸣声"光棍儿好过",也听而不闻了。

我的书友每一本都蕴涵着无量的智慧。我只读过其中的一小部分。这智慧我是能深深体会到的。没有读过的那一些,好像也不甘落后,它们不知道是施展一种什么神秘的力量,把自己的智慧放了出来,像波浪似的向我涌来。可惜我还没有修炼到能有"天眼通"和"天耳通"的水平,我还无法接受这些智慧之流。如果能接受的话,我将成为世界上古往今来最聪明的人。我自己也去努力修持吧。

我的书友有时候也让我窘态毕露。我并不是一个不爱清洁和秩序的人,但是,因为事情头绪太多,脑袋里考虑的学术问题和写作问题也不少,而且每天都收到寄来的大量书籍和报刊以及信件,转瞬之间就摞成一摞。在这样的情况下,如果我需要一本书,往往是遍寻不得。"只在此屋中,书深不知处",急得满头大汗,也是枉然,只好到图书馆去借。等我把文章写好,把书送还图书馆后,无意之间,在一摞书中,竟找到了我原来要找的书,"得来全不费功夫",然而晚了,功夫早已费过了。我啼笑皆非,无可奈何。等到用另外一本书时,再重演一次这出喜剧。我知道,我要寻找的书友,看到我急得那般模样,会大声给我打招呼的,但是喊破了嗓子，也无济于事。我还没有修持到能听懂书的语言的水平。我还要加倍努力去修持。我有信心，将来一定能获得真正的"天眼通"和"天耳通"。只要我想要哪一本书，哪一本书就会自己报出所在之处，我一伸手，便可拿到，如探囊取物。这样一来，文思就会像泉水般地喷涌，我的笔变成了生花妙笔，写出来的文章会成为天下之至文。到了那时，我的书斋里会充满了没有声音的声音，布满了没有形象的形象。我同我的书友们能够自由地互通思想，交流感情。我的书斋会成为宇宙间第一神奇的书斋。岂不猗欤休哉！

我盼望有这样一个书斋。

一九九三年六月二十二日

老　猫

老猫虎子蜷曲在玻璃窗外窗台上的一个角落里，缩着脖子，眯着眼睛，一片寂寞、凄清、孤独、无助的神情。

外面正下着小雨，雨丝一缕一缕地向下飘落，像是珍珠帘子。时令虽已是初秋，但是隔着雨帘，还能看到紧靠窗子的小土山上丛草依然碧绿，毫无要变黄的样子。在万绿丛中赫然露出一朵鲜艳的红花。古诗"万绿丛中一点红"，大概就是这般光景吧。这一朵小花如火似燃，照亮了浑茫的雨天。

我从小就喜爱小动物，同小动物在一起，别有一番滋味。它们天真无邪，率性而行；有吃抢吃，有喝抢喝；不会说谎，不会推诿；受到惩罚，忍痛挨打；一转眼间，照偷不误。同它们在一起，我心里感到怡然、坦然、安然、欣然。不像同人在一起那样，应对进退，谨小慎微，斟酌词句，保持距离，感到异常地别扭。

十四年前，我养的第一只猫，就是这个虎子。刚到我家来的时候，比老鼠大不了多少。蜷曲在窄狭的窗内窗台上，活动的空间好像富富有余。它并没有什么特点,仅是一只最平常的狸猫,身上有虎皮斑纹,颜色不黑不黄,并不美观。但是异于常猫的地方也有,它有两只炯炯有神的眼睛,两眼一睁,还真虎虎有虎气,因此起名叫虎子。它脾气也确实暴烈如虎。它从来不怕任何人。谁要想打它,不管是用鸡毛掸子,还是用竹竿,它从不回避,而是向前进攻,声色俱厉。得罪过它的人,它永世不忘。我的外孙打过它一次,从此结仇。只要他到我家来,隔着玻璃窗子,一见人影,它就做好准备,向前进攻,爪牙并举,吼声震耳。他没有办法,在家中走动,都要手持竹竿,以防万一,否则寸步难行。有一次,一位老同志来看我,他显然是非常喜欢猫的。一见虎子,嘴里连声说着:"我身上有猫味,猫不会咬我的。"他伸手想去抚摩它,可万没有想到,我们虎子不懂什么猫味,回头就是一口。这位老同志大惊失色。总之,到了后来,虎子无人不咬,只有我们家三个主人除外。它的"咬声"颇能耸人听闻了。

但是,要说这就是虎子的全面,那也是不正确的。除了暴烈咬人以外,它还有另外一面,这就是温柔敦厚的一面。我举一个小例子。虎子来我们家以后的第三年,我又要了一只小猫。这是一只混种的波斯猫,浑身雪白,毛很长,但在额头上有一小片黑黄相间的花纹。我们家人管这只猫叫洋猫,起名咪咪;虎子则被尊为土猫。这只猫的脾气同虎子完全相反:胆小、怕人,从来没有咬过人。只有在外面跑的时候,才露出一点野性。它只要有机会溜出大门,但见它长毛尾巴一摆,像一溜烟似的立即蹿入小山的树丛中,半天不回家。这两只猫并没有血缘关系。但是,不知道是由于什么原因,一进门,虎子就把咪咪看做是自己的亲生女儿。它自己本来没有什么奶,却坚持要给咪咪喂奶,把咪咪搂在怀里,让它咂自己的干奶头,它眯着眼睛,仿佛在享着天福。我在吃饭的时候,有时丢点鸡骨头、鱼刺,这等于猫们的燕窝、鱼翅。但是,虎子却只蹲在旁边,瞅着咪咪一只猫吃,从来不同它争食。有时还"咪噢"上两声,好像是在说:"吃吧,孩子! 安安静静地吃吧!"有时候,不管是春夏还是秋冬,虎子会从西边的小山上逮一些小动物,麻雀、蚱蜢、蝉、蛐蛐之类,用嘴叼着,蹲在家门口,嘴里发出一种怪声。这是猫语,屋里的咪咪,不管是睡还是醒,耸耳一听,立即跑到门口,馋涎欲滴,等着吃母亲带来的佳肴,大快朵颐。我们家人看到这样母子亲爱的情景,都由衷地感动,一致把虎子称作"义猫"。有一年,小咪咪生了两个小猫。大概是初做母亲,没有经验,正如我们圣人所说的那样:"未有学养子而后嫁者也。"人们能很快学会,而猫们则不行。咪咪丢下小猫不管,虎子却大忙特忙起来,觉不睡,饭不吃,日日夜夜把小猫搂在怀里。但小猫是要吃奶的,而奶正是虎子所缺的。于是小猫暴躁不安,虎子眉头一皱,计上心来,叼起小猫,到处追着咪咪,要它给小猫喂奶。还真像一个姥姥样子,但是小咪咪并不领情,依旧不给小猫喂奶。有几天的时间,虎子不吃不喝,瞪着两只闪闪发光的眼睛,嘴里叼着小猫,从这屋赶到那屋,一转眼又赶了回来。小猫大概真是受不了啦,便辞别了这个世界。

我看了这一出猫家庭里的悲剧又是喜剧,实在是爱莫能助,惋惜了很久。

我同虎子和咪咪都有深厚的感情。每天晚上,它们俩抢着到我床上去睡觉。在冬天,我在棉被上面特别铺上了一块布,供它们躺卧,我有时候半夜里醒来,神志一清醒,觉得有什么东西重重地压在我身上,一股暖气仿佛透过了两层棉被,扑到我的双腿上。我知道，小猫睡得正香，即使我的双腿由于僵卧时间过久，又酸又痛，但我总是强忍着，决不动一动，免得惊了小猫的轻梦。它此时也许正梦着捉住了一只耗子。只要我的腿一动，它这耗子就吃不成了，岂非大煞风景吗？

这样过了几年，小咪咪大概有八九岁了。虎子比它大三岁，十一岁的光景，依然威风凛凛，脾气暴烈如故，见人就咬，大有死不改悔的神气。而小咪咪则出我意料地露出了下世的光景，常常到处小便，桌子上、椅子上、沙发上，无处不便。如果到医院里去检查的话，大夫在列举的病情中一定会有一条：小便失禁。最让我心烦的是，它偏偏看上了我桌子上的稿纸。我正写着什么文章，然而它却根本不管这一套，跳上去，屁股往下一蹲，一泡猫尿流在上面，还闪着微弱的光。说我不急，那不是真的。我心里真急，但是，我谨遵我的一条戒律：决不打小猫一掌。在任何情况之下，也不打它。此时，我赶快把稿纸拿起来，抖掉了上面的猫尿，等它自己干。我心里又好气，又好笑，真是哭笑不得。家人对我的嘲笑，我置若罔闻，"全等秋风过耳边"。

我不信任何宗教，也不归依任何神灵。但是，此时我却有点想迷信一下。我期望会有奇迹出现，让咪咪的病情好转。可世界上是没有什么奇迹的，咪咪的病一天一天地严重起来。它不想回家，喜欢在房外荷塘边上石头缝里呆着，或者藏在小山的树木丛里。它再也不在夜里睡在我的被子上了。每当我半夜里醒来，觉得棉被上轻飘飘的，我惘然若有所失，甚至有点悲伤了。我每天凌晨起来，第一件事情就是拿着手电到房外塘边山上去找咪咪。它浑身雪白，是很容易找到的。在薄暗中，我眼前白白地一闪，我就知道是咪咪。见了我，它"咪噢"一声，起身向我走来。我把它抱回家，给它东西吃，它似乎根本没有胃口。我看了直想流泪。有一次我拖着疲惫的身子，走几里路，到海淀的肉店里去买猪肝和牛肉，拿回来，喂给咪咪。它一闻，似乎有点想吃的样子；但肉一沾唇，它立即又把头缩回去，闭上眼睛，不闻不问了。

有一天傍晚，我看咪咪神情很不妙，我预感要发生什么事情。我唤它，它不肯进屋。我把它抱到篱笆以内，窗台下面。我端来两只碗，一只盛吃的，一只盛水。我拍了拍它的脑袋，它偎依着我，"咪噢"叫了两声，便闭上了眼睛。我放心进屋睡觉。第二天凌晨，我一睁眼，三步并作一步，手里拿着手电，到外面去看。哎呀不好！两碗全在，猫影顿杳。我心里非常难过，说不出是什么滋味。我手持手电找遍了塘边、山上、树后、草丛、深沟、石缝。有时候，眼前白光一闪。"是咪咪！"我狂喜。走近一看，是一张白纸。我嗒然若丧，心头仿佛被挖掉了点什么。"屋前屋后搜之遍，几处茫茫皆不见。"从此我就失掉了咪咪，它从我的生命中消逝了，永远永远地消逝了。我简直像是失掉了一个好友，一个亲人。至今回想起来，我内心里还颤抖不止。

在我心情最沉重的时候，有一些通达世事的好心人告诉我，猫们有一种特殊的本领，能知道自己什么时候寿终。到了此时此刻，它们决不呆在主人家里，让主人看到死猫，感到心烦，或感到悲伤。它们总是逃了出去，到一个最僻静、最难找的角落里、地沟里、山洞里、树丛里，等候最后时刻的到来。因此，养猫的人大都在家里看不见死猫的尸体。只要自己的猫老了、病了，出去几天不回来，他们就知道，它已经离开了人世，不让举行遗体告别的仪式，永远永远不再回来了。

我听了以后，憬然若有所悟。我不是哲学家，也不是宗教家。

但却读过不少哲学家和宗教家谈论生死大事的文章。这些文章多半有非常精辟的见解，闪耀着智慧的光芒，我也想努力从中学习一些有关生死的真理。结果却是毫无所得。那些文章中，除了说教以外，几乎没有什么有用的东西。大半都是老生常谈，不能解决什么实际问题，没能给我留下深刻的印象。现在看来，倒是猫们临终时的所作所为，即使仅仅是出于本能吧，却给了我很大的启发。人们难道就不应该向猫们学习这一点经验吗？有生必有死，这是自然规律，谁都逃不过。中国历史上赫赫有名的人物，秦皇、汉武，还有唐宗，想方设法，千方百计，想求得长生不老。到头来仍然是竹篮子打水一场空，只落得黄土一抔，"西风残照，汉家陵阙"。我辈平民百姓又何必煞费苦心呢？一个人早死几个小时，或者晚死几个小时，甚至几天，实在是无所谓的小事，决影响不了地球的转动，社会的前进。再退一步想，现在有些思想开明的人士，不想长生不死，不想在大地上再留黄土一抔，甚至开明到不要遗体告别，不要开追悼会。但是仍会给后人留下一些麻烦：登报，发讣告，还要打电话四处通知，总得忙上一阵。何不学一学猫们呢？它们这样处理生死大事，干得何等干净利索呀！一点痕迹也不留，走了，走了，永远地走了，让这花花世界的人们不见猫尸，用不着落泪，照旧做着花花世界的梦。

我忽然联想到我多次看过的敦煌壁画上的西方净土变。所谓"净土"，指的就是我们常说的天堂、乐园，是许多宗教信徒烧香念佛，查经祷告，甚至实行苦行，折磨自己，梦寐以求想到达的地方。据说在那里可以享受天福，得到人世间万万得不到的快乐。我看了壁画上画的房子、街道、树木、花草，以及大人、小孩，林林总总，觉得十分热闹。可我觉得没有什么出奇之处。只有一件事给我留下了永不磨灭的印象,那就是,那里的人们都是笑口常开,没有一个人愁眉苦脸,他们的日子大概过得都很惬意。不像在我们人间有这样许多不如意的事情,有时候办点事,还要找后门,钻空子。在他们的商店里——净土里面还实行市场经济吗?他们还用得着商店吗?——售货员大概都很和气,不给人白眼,不训斥"上帝",不扎堆闲侃,不给人钉子碰。这样的天堂乐园,我也真是心向往之的。但是给我印象最深,使我最为吃惊或者羡慕的还是他们对待要死的人的态度。那里的人,大概同人世间的猫们差不多,能预先知道自己寿终的时刻。到了此时,要死的老嬷嬷或者老头,健步如飞地走在前面,身后簇拥着自己的子子孙孙、至亲好友,个个喜笑颜开,全无悲戚的神态,仿佛是去参加什么喜事一般,一直把老人送进坟墓。后事如何,壁画不是电影,是不能动的。然而画到这个程度,以后的事尽在不言中。如果一定要画上填土封坟,反而似乎是多此一举了。我觉得,净土中的人们给我们人类争了光。他们这一手比猫们又漂亮多了。知道必死,而又兴高采烈,多么豁达!多么聪明!猫们能做得到吗?这证明,净土里的人们真正参透了人生奥秘,真正参透了自然规律。人为万物之灵,他们为我们人类在同猫们对比之下真真增了光!真不愧是净土!

上面我胡思乱想得太远了,还是回到我们人世间来吧。我坦白承认,我对人生的奥秘参悟得还不够,我对自然规律参悟得也还不够,我仍然十分怀念我的咪咪。我心里仿佛有一个空白,非填起来不行。我一定要找一只同咪咪一模一样的白色波斯猫。后来果然朋友又送来了一只,浑身长毛,洁白如雪,两只眼睛全是绿的,亮晶晶像两块绿宝石。为了纪念死去的咪咪,我仍然为它命名"咪咪",见了它,就像见到老咪咪一样。过了大约又有一年的光景,友人又送了我一只据说是纯种的波斯猫,两只眼睛颜色不同,一黄一蓝。在太阳光下,黄的特别黄,蓝的特别蓝,像两颗黄蓝宝石,闪闪发光,竞妍争艳。这只猫特别调皮,简直是胆大无边,然而也因此就更特别可爱。这一下子又忙坏了虎子,它认为这两只小猫都是自己的亲生女儿,硬逼着它们吮吸自己那干瘪的奶头。只要它走出去,不知在什么地方弄到了小鸟、蚱蜢之类,就带回家来,给两只小猫吃。好久没有听到的"咪噢"唤小猫的声音,现在又听到了,我心里漾起了一丝丝甜意。这大大地减轻了我对老咪咪的怀念。

可是岁月不饶人,也不会饶猫的。这一只"土猫"虎子已经活到十四岁。据通达世情的人们说,猫的十四岁,就等于人的八九十岁。这样一来,我自己不是成了虎子的同龄"人"了吗?这个虎子却也真怪。有时候,颇现出一些老相。两只炯炯有神的眼睛里忽然被一层薄膜蒙了起来,嘴里流出了哈喇子,胡子上都沾得亮晶晶的。不大想往屋里来,日日夜夜趴在阳台上蜂窝煤堆上,不吃,不喝。我有了老咪咪的经验,知道它快不行了。我也跑到海淀,去买来牛肉和猪肝,想让它不要饿着肚子离开这个世界,我随时准备着:第二天早晨一睁眼,虎子不见了。结果虎子并没有这样干。我天天凌晨第一件事就是去看虎子,隔着窗子,依然黑糊糊的一团,卧在那里。我心里感到安慰。有时候,它也起来走动了。我在本文开头时写的就是去年深秋一个下雨天我隔窗看到的虎子的情况。

到了今天,半年又过去了。虎子不但没有走,反而顽健胜昔,仍然是天天出去。有时候在晚上,窗外布帘子的一角蓦地被掀了起来，一个丑角似的三花脸一闪。我便知道，这是虎子回来了，连忙开门，放它进来。大概同某一些老年人一样——不是所有的老年人——到了暮年就改恶向善，虎子的脾气大大地改变了，几乎再也不咬人了。我早晨摸黑起床，写作看书累了，常常到门外湖边山下去走一走。此时，我冷不防脚下忽然踢着了一团软乎乎的东西，这是虎子。它在夜里不知道在什么地方呆了一夜，现在看到了我，一下子蹿了出来，用身子蹭我的腿，在我身前和身后转悠。它跟着我，亦步亦趋，我走到哪里，它就跟到哪里，寸步不离。我有时故意爬上小山，以为它不会跟来了，然而一回头，虎子正跟在身后。猫是从来不跟人散步的，只有狗才这样干。有时候碰到过路的人，他们见了这情景，都大为吃惊。"你看猫跟着主人散步哩！"他们说，露出满脸惊奇的神色。最近一个时期，虎子似乎更精力旺盛了，它返老还童了。有时候竟带一个它重孙辈的小公猫到我们家阳台上来。"今夜我们相识"，虎子用不着介绍就相识了。看样子，虎子一去不复返的日子遥遥无期了。我成了拥有三只猫的家庭的主人。

我养了十几年猫，前后共有四只。猫们向人们学习什么，我不通猫语，无法询问。我作为一个人却确实向猫学习了一些有用的东西。上面讲过的对处理死亡的办法，就是一个例子。我自己毕竟年纪已经很大了，常常想到死的问题。鲁迅五十多岁就想到了，我真是瞠乎后矣。人生必有死，这是无法抗御的。而且我还认为，死也是好事情。如果世界上的人都不死，连我们的轩辕老祖和孔老夫子今天依然峨冠博带，坐着奔驰车，到天安门去遛弯，你想人类世界会成一个什么样子！人是百代的过客，总是要走过去的，这决不会影响地球的转动和人类社会的进步。每一代人都只是一场没有终点的长途接力赛的一环。前不见古人,后不见来者,是宇宙常规。人老了要死,像在净土里那样,应该算是一件喜事。老人跑完了自己的一棒,把棒交给后人,自己要休息了,这是正常的。不管快慢,他们总算跑完了一棒,总算对人类的进步做出了贡献,总算尽上了自己的天职。老年了要退休,这是身体精神状况所决定的,不是哪个人能改变的。老人们会不会感到寂寞呢? 我认为,会的。但是我却觉得,这寂寞是顺乎自然的,从伦理的高度来看,甚至是应该的。我始终主张,老年人应该为青年人活着,而不是相反。青年人有接力棒在手,世界是他们的,未来是他们的,希望是他们的。吾辈老年人的天职是尽上自己仅存的精力,帮助他们前进,必要时要躺在地上,让他们踏着自己的躯体前进,前进。如果由于害怕寂寞而学习《红楼梦》里的贾母,让一家人都围着自己转,这不但是办不到的,而且从人类前途利益来看是犯罪的行为。我说这些话,也许有人怀疑,我是不是碰到了什么不如意的事,才说出这样令某些人骇怪的话来。不,不,决不。我现在身体顽健,家庭和睦,在社会上广有朋友,每天照样读书、写作、会客、开会不辍。我没有不如意的事情,也没有感到寂寞。不过自己毕竟已逾耄耋之年,面前的路有限了,不免有时候胡思乱想。而且,我同猫们相处久了,觉得它们有些东西确实值得我们学习,我们这些万物之灵应该屈尊一下,学习学习。即使只学到猫们处理死亡大事这一手,我们社会上会减少多少麻烦呀!

"那么,你是不是准备学习呢?"我仿佛听到有人这样质问了。是的,我心里是想学习的。不过也还有些困难。我没有猫的本能,我不知道自己的大限何时来到。而且我还有点担心。如果我真正学习了猫,有一天忽然偷偷地溜出了家门,到一个旮旯里、树丛里、山洞里、河沟里，一头钻进去，藏了起来，这样一来，我们人类社会可不像猫社会那样平静，有些人必然认为这是特大新闻，指手画脚，喊喊喳喳。如果是在旧社会里或者在今天的香港等地的话，这必将成为头版头条的爆炸性新闻，不亚于当年的杨乃武和小白菜。我的亲属和朋友也必将派人出去寻找，派的人也许比寻找彭加木的人还要多。这是多么可怕的事呀！因此我就迟疑起来。至于最后究竟何去何从，我正在考虑、推敲、研究。

一九九二年

黄　昏

　　黄昏是神秘的，只要人们能多活下去一天，在这一天的末尾，他们便有个黄昏。但是，年滚着年，月滚着月，他们活下去，有数不清的天，也就有数不清的黄昏。我要问：有几个人觉到过黄昏的存在呢？

　　早晨，当残梦从枕边飞去的时候，他们醒转来，开始去走一天的路。他们走着，走着，走到正午，路陡然转了下去。仿佛只一溜，就溜到一天的末尾，当他们看到远处弥漫着白茫茫的烟，树梢上淡淡涂上了一层金黄色，一群群的暮鸦驮着日色飞回来的时候，仿佛有什么东西轻轻地压在他们心头。他们知道：夜来了。他们渴望着静息，渴望着梦的来临。不久，薄冥的夜色糊了他们的眼，也糊了他们的心。他们在低隘的小屋里忙乱着，把黄昏关在门外。倘若有人问：你看到黄昏了没有？黄昏真美啊。他们却茫然了。

　　他们怎能不茫然呢？当他们再从屋里探出头来寻找黄昏的

时候,黄昏早随了白茫茫的烟的消失,树梢上金黄色的消失,鸦背上日色的消失而消失了。只剩下朦胧的夜。这黄昏,像一个春宵的轻梦,不知在什么时候漫了来,在他们心上一掠,又不知在什么时候走了。

黄昏走了。走到哪里去了呢? ——不,我先问:黄昏从哪里来的呢?这我说不清。又有谁说得清呢?我不能够抓住一把黄昏,问它到底。从东方么? 东方是太阳出来的地方。从西方么? 西方不正亮着红霞么? 从南方吗? 南方只充满了光和热。看来只有说从北方来的最适宜了。倘若我们想了开去,想到北方的极北端,是北冰洋和北极,我们可以在想象里描画出:白茫茫的天地,白茫茫的雪原和白茫茫的冰山。再往北,在白茫茫的天边上,分不清哪是天、是地、是冰、是雪,只是朦胧的一片灰白。朦胧灰白的黄昏不正应当从这里蜕化出来么?

然而,蜕化出来了,却又扩散开去。漫过了大平原、大草原,留下了一层阴影;漫过了大森林,留下了一片阴郁的黑暗;漫过了小溪,把深灰的暮色溶入玎珰的水声里,水面在阒静里透着微明;漫过了山顶,留给它们星的光和月的光;漫过了小村,留下了苍茫的暮烟……给每个墙角扯下了一片,给每个蜘蛛网网住了一把。以后,又漫过了寂寞的沙漠,来到我们的国土里。我能想象:倘若我迎着黄昏站在沙漠里,我一定能看着黄昏从辽远的天边上跑了来,像……像什么呢? 是不是应当像一阵灰蒙的白雾,或者像一片扩散的云影? 跑了来,仍然只是留下一片阴影,又跑了去,来到我们的国土里,随了弥漫在远处的白茫茫的烟,随了树梢上的淡淡的金黄色,也随了暮鸦背上的日色,轻轻地落在人们的心头,又被人们关在门外了。

　　但是，在门外，它却不管人们关心不关心，寂寞地、冷落地，替他们安排好了一个幻变的又充满了诗意的童话般的世界，朦胧、微明，正像反射在镜子里的影子，它给一切东西涂上银灰的梦的色彩。牛乳色的空气仿佛真牛乳似的凝结起来。但似乎又在软软的黏黏的浓浓的流动里。它带来了阒静，你听：一切静静的，像下着大雪的中夜。但是死寂么？却并不，再比现在沉默一点，也会变成坟墓般的死寂。仿佛一点也不多，一点也不少，优美的轻适的阒静软软地黏黏地浓浓地压在人们的心头，灰的天空像一张薄幕；树木，房屋，烟纹，云缕，都像一张张的剪影，静静地贴在这幕上。这里，那里，点缀着晚霞的紫曛和小星的冷光。黄昏真像一首诗，一支歌，一篇童话；像一片月明楼上传来的悠扬的笛声，一声缭绕在长空里亮喉的鹤鸣；像陈了几十年的绍酒；像一切美到说不出来的东西。说不出来，只能去看；看之不足，只能意会；意会之不足，只能赞叹。——然而却终于给人们关在门外了。

　　给人们关在门外，是我这样说么？我要小心，因为所谓人们，不是一切人们，也决不会是一切人们的。我在童年的时候，就常常呆在天井里等候黄昏的来临。我这样说，并不是想表明我比别人强。意思很简单，就是：别人不去，也或者是不愿意去这样做。我（自然也还有别人）适逢其会地常常这样做而已。常常在夏天里，我坐很矮的小凳上，看墙角里渐渐暗了起来，四周的白墙上也布上了一层淡淡的黑影。在幽暗里，夜来香的花香一阵阵地沁入我的心里。天空里飞着蝙蝠。檐角上的蜘蛛网，映着灰白的天空，在朦胧里，还可以数出网上的线条和粘在上面的蚊子和苍蝇的尸体。在不经意的时候蓦地再一抬头，暗灰的天空里已经嵌上闪着眼的小星了。在冬天，天井里满铺着白雪。我蜷伏在屋里。当我看到白的窗纸渐渐灰了起来，炉子里在白天里看不出颜色来的火焰渐渐红起来、亮起来的时候，我也会知道：这是黄昏了。我从风门的缝里望出去：灰白的天空，灰白的盖着雪的屋顶。半弯惨淡的凉月印在天上，虽然有点凄凉，但仍然掩不了黄昏的美丽。这时，连常常坐在天井里等着它来临的人也不得不蜷伏在屋里。只剩了灰蒙的雪色伴了它在冷清的门外，这幻变的朦胧的世界造给谁看呢？黄昏不觉得寂寞么？

但是寂寞也延长不了多久。黄昏仍然要走的。李商隐的诗说："夕阳无限好，只是近黄昏。"诗人不正慨叹黄昏的不能久留吗？它也真的不能久留，一瞬眼，这黄昏，像一个轻梦，只在人们心上一掠，留下黑暗的夜，带着它的寂寞走了。

走了，真的走了。现在再让我问：黄昏走到哪里去了呢？这我不比知道它从哪里来的更清楚。我也不能抓住黄昏的尾巴，问它到底。但是，推想起来，从北方来的应该到南方去的吧。谁说不是到南方去的呢？我看到它怎样地走了——漫过了南墙，漫过了南边那座小山，那片树林；漫过了美丽的南国，一直到辽阔的非洲。非洲有耸峭的峻岭，岭上有深邃的永古苍暗的大森林。再想下去，森林里有老虎——老虎？黄昏来了，在白天里只呈露着淡绿的暗光的眼睛该亮起来了吧。像不像两盏灯呢？森林里还该有莽苍葳蕤的野草，比人高。草里有狮子，有大蚊子，有大蜘蛛，也该有蝙蝠，比平常的蝙蝠大。夕阳的余晖从树叶的稀薄处，透过了架在树枝上的蜘蛛网，漏了进来，一条条灿烂的金光，照耀得全林子里都发着棕红色。合了草底下毒蛇吐出来的毒气，幻成五色绚烂的彩雾。也该有萤火虫吧，现在一闪一闪地亮起来了。也该有花，但似乎不应该是夜来香或晚香玉。是什么呢？是一切毒艳的恶之花。在毒气里,不正应该产生恶之花吗?这花的香慢慢融入棕红色的空气里,融入绚烂的彩雾里,搅乱成一团,滚成一团暖烘烘的热气。然而,不久这热气就给微明的夜色消融了。只剩一闪一闪的萤火虫,现在渐渐地更亮了。老虎的眼睛更像两盏灯了,在静默里瞅着暗灰的天空里才露面的星星。

然而,在这里,黄昏仍然要走的。再走到哪里去呢?这却真的没人知道了。——随了淡白的疏稀的冷月的清光爬上暗沉沉的天空里去么?随了瞅着眼的小星爬上了天河么?压在蝙蝠的翅膀上钻进了屋檐么?随了西天的晕红消融在远山的后面么?这又有谁能明白地知道呢?我们知道的,只是:它走了,带了它的寂寞和美丽走了,像一丝微飔,像一个春宵的轻梦。

是了。——现在,现在我再有什么可问呢?等候明天么?明天来了,又明天,又明天,当人们看到远处弥漫着白茫茫的烟,树梢上淡淡涂上了一层金黄色,一群群的暮鸦驮着日色飞回来的时候,又仿佛有什么东西压在他们的心头,他们又渴望着梦的来临,把门关上了。关在门外的仍然是黄昏,当他们再伸出头来找的时候,黄昏早已走了。从北冰洋跑了来,一过路,到非洲森林里去了。再到,再到哪里,谁知道呢?然而夜来了,漫长的漆黑的夜,闪着星光和月光的夜,浮动着暗香的夜……只是夜,长长的夜,夜永远也不完,黄昏呢?——黄昏永远不存在人们的心里的。只一掠,走了,像一个春宵的轻梦。

一九三四年一月四日

年

年,像淡烟,又像远山的晴岚。我们握不着,也看不到。当它走来的时候,只在我们的心头轻轻地一拂,我们就知道:年来了。但是究竟什么是年呢? 却没有人能说得清了。

当我们沿着一条大路走着的时候,遥望前路茫茫,花样似乎很多。但是,及至走上前去,身临切近,却正如向水里扑自己的影子,捉到的只有空虚。更遥望前路,仍然渺茫得很。这时,我们往往要回头看看的。其实,回头看,随时都可以。但是我们却不。最常引起我们回头看的,是当我们走到一个路上的界石的时候。说界石,实在没有什么石。只不过在我们心上有那么一点痕迹。痕迹自然很虚飘,所以不易说。但倘若不管易说不易说,说了出来的话,就是年。

说出来了,这年,仍然很虚飘。也许因为这一说,变得更虚飘。但这却是没有办法的事了。我前面不是说我们要回头看吗? 就先说我们回头看到的吧。——我们究竟看到些什么呢? 灰蒙蒙的一片,仿佛白云,又仿佛轻雾,朦胧成一团。里面浮动着种种的面影,各样的彩色。这似乎真有花样了。但仔细看来,却又不然,仍然是平板单调。就譬如从最近的界石看回去吧。先看到白皑皑的雪凝结在丫杈着刺着灰的天空的树枝上。再往前,又看到澄碧的长天下流泛着的萧瑟冷寂的黄雾。再往前,苍郁欲滴的浓碧铺在雨后的林里,铺在山头。烈阳闪着金光。更往前,到处闪动着火焰般的花的红影。中间点缀着亮的白天,暗的黑夜。在白天里,我们拼命填满了肚皮。在黑夜里,我们挺在床上咧开大嘴打呼。就这样,白天接着黑夜,黑夜接着白天;一明一暗地滚下去,像玉盘上的珍珠……

于是越过一个界石。看上去,仍然看到白皑皑的雪,看到萧瑟冷寂的黄雾,看到苍郁欲滴的浓碧,看到火焰般的红影。仍然是连续的亮的白天,暗的黑夜——于是又越过了一个界石。于是又——一个界石,一个界石,界石接着界石,没有完。亮的白天,暗的黑夜交织着。白雪,黄雾,浓碧,红影,混成一团。影子却渐渐地淡了下来。我们的记忆也被拖到辽远又辽远的雾蒙蒙的暗陬里去了。我们再看到什么呢?更茫茫。然而,不新奇。

不新奇吗?却终究又有些新的花样了。仿佛是跨过第一个界石的时候——实在还早,仿佛是才踏上了世界的时候,我们眼前便障上了幕。我们看不清眼前的东西,只是摸索着走上去。随了白天的消失,暗夜的消失,这幕渐渐地一点一点地撤下去。但我们不觉得。我们觉得的时候,往往是在踏上了一个界石回头看的一刹那。一觉得,我们又慌了:"会有这样的事情发生到我身上吗?"其实,当这事情正在发生的时候,我们还热烈地参加着,或表演着。现在一觉得,便大惊小怪起来。我们又肯定地信,不会有这样的事情发生到我们身上的。我们想：自己以前仿佛没曾打算有这样的事情发生。实在，打算又有什么用呢？事情早已给我们安排在幕后。只是幕不撤，我们看不到而已。而且又真没曾打算过。以后我们又证明给自己：的确发生过这样的事情了，于是，因了这惊，这怪，我们也似乎变得比以前更聪明些。"以后我要这样了"，我们想。真的，以后我们要这样了。然而，又走到一个界石，回头一看，我们又惊疑："怎么又会有这样的事情发生到我身上呢？"是的，真有过。"以后我要这样了"，我们又想。——虽然一点一点地撤开，我们眼前仍然是幕。于是，一个界石，一个界石，就在这随时发现的新奇中过下去，一直到现在，我们眼前仍然是幕。这幕什么时候才撤净呢？我们苦恼着。

但也因而得到了安慰了。一切事情，虽然都已经安排在幕后，有时我们也会蓦地想到几件。其中也不缺少一想到就使我们流汗战栗喘息的事情。我们知道它们一定会发生，只是不知道什么时候而已。但现在回头看来，许多这样的事情，只在这幕的微启之下，便悠然地露了出来，我们也不知怎样竟闯了过来。回顾当时的流汗，的战栗，的喘息，早成残象，只在我们心的深处留下一点痕迹。不禁微笑浮上心头了。回首绵绵无尽的灰雾中，竟还有自己踏过的微白的足迹在，蜿蜒一条长长的路，一直通到现在的脚跟下。再一想踏这条路时的心情，看这眼前的幕一点一点撤开时的或惊，或惧，或喜的心情，微笑更要浮上嘴角了。

这样，这条微白的长长的路就一直蜿蜒到脚跟。现在脚下踏着的又是一块新的界石了。不容我们迟疑，这条路又把我们引上前去。我们不能停下来，也不愿意停下来的。倘若抬头向前看的时候——又是一条微白的长长的路，伸展开去。又是一片灰蒙蒙的雾,这路就蜿蜒到雾里去。到哪里止呢?谁知道,我们只是走上前去。过去的,混沌迷茫,不知其所以然了。未来的,混沌迷茫,更不知其所以然了。但是我们时时刻刻都在向前走着。时时刻刻,这条蜿蜒的长长的路向后缩了回去,又时时刻刻地向前伸了出去,摆在我们面前。仍然再缩了回去,离我们渐远,渐远,窄了,更窄了,埋在茫茫的雾里。刚才看见的东西,一转眼,便随了这条路缩了回去,渐渐地不清楚,成云,成烟,埋在记忆里,又在记忆里消失了。只有在我们眼前的这一点短短的时间——一分钟,不,还短;一秒钟,不,还短;短到说不出来,就算有那么一点时间吧。我们眼前有点亮:一抬眼,便可以看到桌子上摆着的花的曼长的枝条在风里袅动,看到架上排着的书,看到玻璃杯在静默里反射着清光,看到窗外枯树寒鸦的淡影,看到电灯罩的丝穗在轻微地散布着波纹,看到眼前的一切,都发亮。然而一转眼,这一切又缩了回去,渐渐地不清楚,成云,成烟,埋在记忆里,也在记忆里消失吧。等到第二次抬眼的时候,看到的一切已经同前次看到的不同了。我说,我们就只有那样短短的时间的一点亮。这条蜿蜒的长长的路伸展出去,这一点亮也跟着走。一直到我们不愿意,或者不能走了,我们眼前仍然只有那一点亮,带大糊涂走开。

当我们还在沿着这条路走的时候,虽然眼前只有那样一点亮,我们也只好跟着它走上去了。脚踏上一块新的界石的时候,固然常常引起我们回头去看;但是,我们仍要时时提醒自己:前面仍然有路。我前面不是说,我们又看到一条微白的长长的路引到雾里去吗?渺茫,自然;但不必气馁。譬如游山,走过了一段路之后,乘喘息未定的时候,回望来路,白云四合,当然很有意思的。倘再翘首前路,更有青霭流泛,不也增加游兴不少吗?而且,正因为渺茫,却更有味。当我翘首前望的时候,只看到雾海,茫茫一片,不辨山水云树。我们可以任意把想象加到上面。我们可以自己涂上粉红色,彩红色;任意制成各种的梦,各种的幻影,各种的蜃楼。制成以后,随便按上,无不适合。较之回头看时,只见残迹,只见过去的面影,趣味自然不同。这时,我们大概也要充满了欣慰与生力,怡然走上前去。倘若了如指掌,毫发都现,一眼便看到自己的坟墓,无所用其涂色,更无所用其蜃楼,只懒懒地抬起了沉重的腿脚,无可奈何地踱上去,不也大煞风景,生趣全丢吗?

然而,话又要说了回来。——虽然我们可以把未来涂上彩色,制成梦、幻影和蜃楼;一想到,蜿蜒到灰雾里去的长长的路,仍然不过是长长的路,同从雾里蜿蜒出来的并不会有多大的差别,我们不禁又惘然了。我们知道,虽然说不定也有点变化,仍然要看到同样的那一套。真的,我们也只有看到同样的那一套。微微有点不同的,就是次序倒了过来。——我们将先看到到处闪动着的花的红影;以后,再看到苍郁欲滴的浓碧;以后,又看到萧瑟冷寂的黄雾;以后,再看到白皑皑的雪凝在丫杈着刺着灰的天空的树枝上。中间点缀着的仍然是亮的白天,暗的黑夜。在白天里,我们填满了肚皮。在夜里,我们咧开大嘴打呼。照样地,白天接着黑夜,黑夜接着白天。于是到了一个界石,我们眼前仍然只有那短短的时间的一点亮。脚踏上这个界石的时候,说不定还要回过头来看到现在。现在早笼在灰雾里,埋在记忆里了。我们的心情大概不会同踏在现在的这块界石上回望以前有什么差别吧。看了微白的足迹从现在的脚下通到那时的脚下,微笑浮上心头呢?浮上嘴角呢?惘然呢?漠然呢?看了眼前的幕一点一点地撤去,惊呢?惧呢?喜呢?那就都不得而知了。

于是,通过了一块界石,又看上去,仍然是红影,浓碧,黄雾,白雪。亮的白天,暗的黑夜,一个推一个,滚成一团,滚上去,像玉盘上的珍珠。终于我们看到些什么呢? 灰蒙蒙,然而不新奇,但却又使我们战栗了。——在这微白的长长的路的终点,在雾的深处,谁也说不清是什么地方,有一个充满了威吓的黑洞,在向我们狞笑,那就是我们的归宿。障在我们眼前的幕,到底也不会撤去。我们眼前仍然只有当前一刹那的亮,带了一个大混沌,走进这个黑洞去。

走进这个黑洞去,其实也倒不坏,因为我们可以得到静息。但又不这样简单。中间经过几多花样,经过多长的路才能达到呢? 谁知道。当我们还没有达到以前,脚下又正在踏着一块界石的时候,我们命定的只能向前看,或向后看。向后看,灰蒙蒙,不新奇了;向前看,灰蒙蒙,更不新奇了。然而,我们可以做梦。再要问:我们要做什么样的梦呢? 谁知道。——一切都交给命运去安排吧。

一九三四年一月二十四日

寂　寞

寂寞像大毒蛇,盘住了我整个的心,我自己也奇怪:几天前喧腾的笑声现在还萦绕在耳际,我竟然给寂寞克服了吗?

但是,克服了,是真的,奇怪又有什么用呢? 笑声虽然萦绕在耳际,早已恍如梦中的追忆了,我只有一颗心,空虚寂寞的心被安放在一个长方形的小屋里。我看四壁,四壁冰冷像石板,书架上一行行排列着的书,都像一行行的石块,床上棉被和大衣的折纹也都变成雕刻家手下的作品了。死寂,一切死寂,更死寂的却是我的心——我到了庞培(Pompeii)了么? 不,我自己证明没有,隔了窗子,我还可以看见袅动的烟缕,虽然还在袅动,但是又是怎样地微弱呢;——我到了西敏斯大寺(Westminster Abbey)了么? 我自己又证明没有,我看不到阴森的长廊,看不到诗人的墓圹,我只是被装在一个长方形的小屋里,四周圈着冰冷的石板似的墙壁。我究竟在什么地方呢? 桌子上那两盆草的曼长嫩绿的枝条,反射在镜子里的影子,我透过玻璃杯看到的淡淡的影子;反射在电镀过的小钟座上的影子，在平常总轻轻地笼罩上一层绿雾,不是很美丽有生气的吗？为什么也变成浮雕般地呆僵着不动呢？——一切完了,一切都给寂寞吞噬了,寂寞凝定在墙上挂的相片上,凝定在屋角的蜘蛛网上,凝定在镜子里我自己的影子上……

　　一切都真的给寂寞吞噬了吗？不,还有我自己,我试着抬一抬胳膊,还能抬得起,我摆了摆头,镜子里的影子也还随着动,我自己问:是谁把我放在这里的呢？是我自己,现在我才发现,就是自己,我能逃——

　　我能逃,然而,寂寞又跟上我了呀！在平常我们跑着百米抢书的图书馆,不是很热闹的吗？现在为什么也这样冷清呢？我从这头看到那头,像看一个朦胧的残梦,淡黄的阳光从窗子里穿进来造成一条光的路,又射在光滑的桌面上,不耀眼,不辉腾,只是死死地贴在桌上,像——像什么呢？我不愿意说,像乡间黑漆棺材上贴的金边。寥寥的几个看书的,错落地散坐着,使我想到月明夜天空里的星子,但也都石像似的坐着,不响也不动。是人么？不是,我左右看全不像。像木乃伊？又不像,因为我闻不到木乃伊应该有的那种香味。像死尸？有点,但也不全像——我看到他们僵坐的姿势了,我看到他们一个个的翻着的死白的眼了。我现在知道他们像什么,像鱼市里的死鱼,一堆堆地排列着,鼓着肚皮,翻着白眼,可怕！然而我能逃,然而寂寞又跟上了我,我向哪里逃呢？

　　到了世界的末日了吗？世界的末日,多可怕！以前我曾自己想象,自己是世界上最后的一个生物,因了这无谓的想象,我流过不知多少汗,但是现在却真教我尝到这个滋味了。天空倒挂着,像个盆;远处的西山,近处的楼台,都仿佛剪影似的贴在这灰白盆底上;小鸟缩着脖子站在土山上,不动,像博物院里的标本;流水在冰下低缓地唱着丧歌;天空里破絮似的云片,看来像一贴贴的膏药,糊在我这寂寞的心上;枯枝丫杈着,看来像鱼刺,也刺着我这寂寞的心。

但是,我在身旁发现有人影在游动了,我知道,我自己不是世界上最后的生物。我在内心里浮起一丝笑意,但是(又是但是)却怪,没等这笑意浮到脸上,我又看到我身旁的人也同样翻着死白的眼,像木乃伊?像僵尸?像鱼市上陈列的死鱼?谁耐心去管,战栗通过了我全身,我想逃,寂寞驱逐着我,我想逃,向哪里逃呢?——天哪!我不知道向哪里逃了。

夜来,随了夜来的是更多的寂寞。当我从外面走回宿舍的时候,四周死一般沉寂,但总仿佛有窸窣的脚步声绕在我四周,说声,其实哪里有什么声呢?只是我觉得有什么东西跟着我而已,倘若在白天,我一定说这是影子;倘若睡着了,我一定说这是梦。究竟是什么呢?我知道,这是寂寞。从远处,我看到压在黑暗的夜气下面的宿舍,以前不是每个窗子都射出温热的软光来么?但是,变了,一切变了,大半的窗子都黑黑的,闭着的寥寥的几个窗子, 无力地进射出几条光线来, 又都是怎样暗淡灰白呢?——不,这不是窗子里射出的灯光,这是墓地里的鬼火,这是魔窟里发出的魔光,我是到了鬼影憧憧的世界里了,我自己也成了鬼影了。

我平卧在床上,让柔弱的灯光流在我的身上,让寂寞在我四周跳动,静听着远处传来的跫跫的足音,隐隐地,细细弱弱到听不清、听不见了,这声音从哪里传来的呢?是从辽远又辽远的国土里呀！是从寂寞的大沙漠里呀！但是，又像比辽远的国土更辽远；我的小屋是坟墓，这声音是从墓外过路人的脚下踱出来的呀！离这里多远呢？想象不出，也不能想象，望吧！是一片茫茫的白海流布在中间，海里是什么呢？是寂寞。

隔了窗子，外面是死寂的夜，从蒙翳的玻璃里看出去，不见灯光，不见一切东西的清晰的轮廓，只是黑暗。在黑暗里的迷离的树影，丫杈着，刺着暗灰的天。在三个月前，这秃光的枯枝上，有过一串串的叶子，在萧瑟的秋风里打战，又罩上一层淡淡的黄雾。再往前，在五六个月以前吧，同样的这枯枝上织上一丛丛的茂密的绿，在雨里凝成浓翠，在毒阳下闪着金光。倘若再往前推，在春天里，这枯枝上嵌着一颗颗火星似的红花，远处看，辉耀着，像火焰——但是，一转眼，溜到现在，现在怎样了呢？变了，全变了，只剩了秃光的枯枝，刺着天空，把小小的温热的生命力蕴蓄在这枯枝的中心，外面披上这层刚劲的皮，忍受着北风的狂吹，忍受着白雪的凝固，忍受着寂寞的来袭，同我一样。它也该同我一样切盼着春的来临，切盼着寂寞的退走吧。春什么时候会来呢？寂寞什么时候会走呢？这漫漫的长长的夜，这漫漫的更长的冬……

一九三四年一月二十二日

春色满寰中

我曾歌颂过春满燕园,我曾歌颂过燕园盛夏,我也曾在金色的深秋里歌颂了春归燕园。

在这些文章里,我满腔热情,满怀期望地歌颂了青年人。

但是,现在看来,不够了,远远地不够了。

我要连同青年人一并歌颂老年人,连同春满燕园一并歌颂春色满寰中。

我最近参加了一个全国性的会议。在将近二千个参加的人员中,平均年龄是六十七岁。在我们小组里,平均年龄竟达到七十多岁。我们中间有当年江西苏区的老部长,有参加长征的老干部,有解放后的部长、副部长,有穷年累月钻研一门学问的老专家,年龄都在七八十岁以上。他们行动几乎都不要人搀扶,他们说话几乎都是声如洪钟。铁面无情的时间好像在他们身上没有留下一点痕迹。

我被人称作"老"已经有些年头了,我自己也认为自己已经老了。但是，在这里，我却无论如何也老不起来；我只能算是一个小老头，一个年轻人。我环顾周围诸老，他们并不老态龙钟、老眼昏花、老牛破车、老气横秋、倚老卖老、老大伤悲，而是老当益壮、老谋深算、老骥伏枥、老马识途、老黑当道、老成持重。他们都有一颗年轻的心。他们关心民族的命运、国家的前途、四化的实现、个人的贡献。如果把青年比作早晨八九点钟的太阳，这些老年人大概可以算是下午五六点钟的太阳吧。早晨八九点钟的太阳固然是光辉灿烂的，这些下午五六点钟的太阳难道不也是同样地光辉灿烂吗？

记得屠格涅夫有一篇散文诗，讲到人们向前走，向前走，归根结底走到一个黑洞那里——这就是坟。鲁迅先生也有一篇散文诗，叫做《过客》。在这里面，过客问老翁道："老丈，你大约是久住在这里的，你可知道前面是怎么一个所在么？"老翁回答说："前面？前面，是坟。"但是，女孩立刻抗议说："不，不，不，那里有许多野百合、野蔷薇。"

我没有同别的老头谈过前面是什么的问题，全国的老头我当然更无法都见到。但是，我坚决相信，如果问他们前面是怎么一个所在的话，他们一定不会说是："坟"，而会像那个小女孩一样说是："野百合、野蔷薇"。他们决不会感到："夕阳无限好，只是近黄昏"。他们会感到："天意怜幽草，人间重晚晴"；他们会感到："有此倾城好颜色，天教晚发赛诸花"。

我纵情歌唱春色满寰中，歌颂我们的老年人，难道还有人会反驳我吗？

一九七九年十月

黎明前的北京

前后加起来,我在北京已经住了四十多年,算是一个老北京了。北京的名胜古迹,北京的妙处,我应该说是了解的;其他老北京当然也了解。但是有一点,我相信绝大多数的老北京并不了解,这就是黎明时分以前的北京。

多少年来,我养成了一个习惯:每天早晨四点在黎明以前起床工作。我不出去跑步或散步,而是一下床就干活儿。因此我对黎明前的北京的了解是在屋子里感觉到的。我从前在什么报上读过一篇文章,讲黎明时分天安门广场上的清洁工人。那情景必然是非常动人的,可惜我从未能见到,只是心向往之而已。

四十年前,我住在城里在明朝曾经是特务机关的东厂里面。几座深深的大院子,在最里面三个院子里只住着我一个人。朋友们都说这地方阴森可怕,晚上很少有人敢来找我,我则怡然自得。每当夏夜,我起床以后,立刻就闻到院子里那些高大的马缨花树散发出来的阵阵幽香,这些香气破窗而入,我于此时神清气爽,乐不可支,连手中那一支笨拙的笔也仿佛生了花。

几年以后,我搬到西郊来住,照例四点起床,坐在窗前工作。白天透过窗子能够看到北京展览馆那金光闪闪的高塔的尖顶,此时当然看不到了。但是,我知道,即使我看不见它,它仍然在那里挺然耸入天空,仿佛想带给人以希望,以上进的劲头。我仍然是乐不可支,心也仿佛飞上了高空。

过了十年,我又搬了家。这新居既没有马缨花,也看不到金色的塔顶。但是门前却有一片清碧的荷塘。刚搬来的几年,池塘里还有荷花。夏天早晨四点已经算是黎明时分,在薄暗中透过窗子可以看到接天莲叶,而荷花的香气也幽然袭来,我顾而乐之,大有超出马缨花和金色塔顶之上的意味了。

难道我欣赏黎明前的北京仅仅由于上述的原因吗?不是的。三十几年以来,我成了一个"开会迷"。说老实话,积三十年之经验,我真有点怕开会了。在白天,一整天说不定什么时候就会接到开会的通知。说一句过火的话,我简直是提心吊胆,心里不得安宁。即使不开会,这种惴惴不安的心情总摆脱不掉。只有在黎明以前,根据我的经验,没有哪里会来找你开会的。因此,我起床往桌子旁边一坐,仿佛有什么近似条件反射的东西立刻就起了作用,我心里安安静静,一下子进入角色,拿起笔来,"文思"(如果也算是文思的话)如泉水喷涌,记忆力也像刚磨过的刀子,锐不可当。此时,我真是乐不可支,如果给我机会的话,我简直想手舞足蹈了。

因此,我爱北京,特别爱黎明前的北京。

一九八五年二月十一日

晨　趣

　　一抬头,眼前一片金光:朝阳正跳跃在书架顶上玻璃盒内日本玩偶藤娘身上,一身和服,花团锦簇,手里拿着淡紫色的藤萝花,都熠熠发光,而且闪烁不定。

　　我开始工作的时候,窗外暗夜正在向前走动。不知怎样一来,暗夜已逝,旭日东升。这阳光是从哪里流进来的呢?窗外一棵高大的梧桐树,枝叶繁茂,仿佛张开了一张绿色的网。再远一点,在湖边上是成排的垂柳。所有这一些都不利于阳光的穿透。然而阳光确实流进来了,就流在藤娘身上……

　　然而,一转瞬间,阳光忽然又不见了,藤娘身上,一片阴影。窗外,在梧桐和垂柳的缝隙里,一块块蓝色的天空。成群的鸽子正盘旋飞翔在这样的天空里,黑影在蔚蓝上面画上了弧线。鸽影落在湖中,清晰可见,好像比天空里的更富有神韵,宛如镜花水月。

　　朝阳越升越高,透过浓密的枝叶,一直照到我的头上。我心中一动,阳光好像有了生命,它启迪着什么,它暗示着什么。我忽然想到印度大诗人泰戈尔,每天早上对着初升的太阳,静坐沉思,幻想与天地同体,与宇宙合一。我从来没达到这样的境界,我没有这一份福气。可是我也感到太阳的威力,心中思绪腾翻,仿佛也能洞察三界,透视万有了。

现在我正处在每天工作的第二阶段的开头上。紧张地工作了一个阶段以后,我现在想缓松一下,心里有了余裕,能够抬一抬头,向四周,特别是窗外观察一下。窗外风光如旧,但是四季不同:春花,秋月,夏雨,冬雪,情趣各异,动人则一。现在正是夏季,浓绿扑人眉宇,鸽影在天,湖光如镜。多少年来,当然都是这个样子。为什么过去我竟视而不见呢?今天,藤娘身上一点闪光,仿佛照透了我的心,让我抬起头来,以崭新的眼光,来衡量一切,眼前的东西既熟悉,又陌生,我仿佛搬到了一个新的地方,把我好奇的童心一下子都引逗起米了。我注视着藤娘,我的心却飞越茫茫大海,飞到了日本,怀念起赠送给我藤娘的室伏千津子夫人和室伏佑厚先生一家来。真挚的友情温暖着我的心……

窗外太阳升得更高了。梧桐树椭圆的叶子和垂柳的尖长的叶子,交织在一起,椭圆与细长相映成趣。最上一层阳光照在上面,一片嫩黄;下一层则处在背阴处,一片黑绿。远处的塔影,屹立不动。天空里的鸽影仍然在画着或长或短、或远或近的弧线。再把眼光收回来,则看到里面窗台上摆着的几盆君子兰,深绿肥大的叶子,给我心中增添了绿色的力量。

多么可爱的清晨,多么宁静的清晨!

此时我怡然自得,其乐陶陶。我真觉得,人生毕竟是非常可爱的,大地毕竟是非常可爱的。我有点不知老之已至了。我这个从来不写诗的人心中似乎也有了一点诗意。

　　　此身合是诗人未
　　　鸥影湖光入目明

我好像真正成为一个诗人了。

　　　　　　　　　一九八八年十月十三日晨

月是故乡明

　　每个人都有个故乡，人人的故乡都有个月亮，人人都爱自己故乡的月亮。事情大概就是这个样子。

　　但是，如果只有孤零零的一个月亮，未免显得有点孤单。因此，在中国古代诗文中，月亮总有什么东西当陪衬，最多的是山和水，什么"山高月小"、"三潭印月"等等，不可胜数。

　　我的故乡是在山东西北部大平原上。我小的时候，从来没有见过山，也不知山为何物。我曾幻想，山大概是一个圆而粗的柱子吧，顶天立地，好不威风。以后到了济南，才见到山，恍然大悟：山原来是这个样子呀。因此，我在故乡里望月，从来不同山联系。像苏东坡说的"月出于东山之上，徘徊于斗牛之间"，完全是我无法想象的。

　　至于水，我的故乡小村却大大地有。几个大苇坑占了小村面积一多半。在我这个小孩子眼中，虽不能像洞庭湖"八月湖水平"那样有气派，但也颇有一点烟波浩渺之势。到了夏天，黄昏以后，我在坑边的场院里躺在地上,数天上的星星。有时候在古柳下面点起篝火,然后上树一摇,成群的知了飞落下来。比白天用嚼烂的麦粒去粘要容易得多。我天天晚上乐此不疲,天天盼望黄昏早早来临。

到了更晚的时候,我走到坑边,抬头看到晴空一轮明月,清光四溢,与水里的那个月亮相映成趣。我当时虽然还不懂什么叫诗兴,但也顾而乐之,心中油然有什么东西在萌动。有时候在坑边玩很久,才回家睡觉。在梦中见到两个月亮叠在一起,清光更加晶莹澄澈。第二天一早起来,到坑边苇子丛里去捡鸭子下的蛋,白白地一闪光,手伸向水中,一摸就是一个蛋。此时更是乐不可支了。

我只在故乡呆了六年,以后就离乡背井,漂泊天涯。在济南住了十多年,在北京度过四年,又回到济南呆了一年,然后在欧洲住了近十一年,重又回到北京,到现在已经四十多年了。在这期间,我曾到过世界上将近三十个国家。我看过许许多多的月亮。在风光旖旎的瑞士莱芒湖上,在平沙无垠的非洲大沙漠中,在碧波万顷的大海中,在巍峨雄奇的高山上,我都看到过月亮,这些月亮应该说都是美妙绝伦的,我都异常喜欢。但是,看到它们,我立刻就想到我故乡中那个苇坑上面和水中的那个小月亮。对比之下,无论如何我也感到,这些广阔世界的大月亮,万万比不上我那心爱的小月亮。不管我离开我的故乡多少万里,我的心立刻就飞回来了。我的小月亮,我永远忘不掉你!

我现在已经年近耄耋。住的朗润园是燕园胜地。夸大一点说,此地有茂林修竹,绿水环流,还有几座土山,点缀其间。风光无疑是绝妙的。前几年,我从庐山休养回来,一个同在庐山休养的老朋友来看我。他看到这样的风光，慨然说："你住在这样的好地方，还到庐山去干吗呢！"可见朗润园给人印象之深。此地既然有山，有水，有树，有竹，有花，有鸟，每逢望夜，一轮当空，月光闪耀于碧波之上，上下空濛，一碧数顷，而且荷香远溢，宿鸟幽鸣，真不能不说是赏月胜地。荷塘月色的奇景，就在我的窗外。不管是谁来到这里，难道还能不顾而乐之吗？

然而，每值这样的良辰美景，我想到的却仍然是故乡苇坑里的那个平凡的小月亮。见月思乡，已经成为我经常的经历。思乡之病，说不上是苦是乐，其中有追忆，有惆怅，有留恋，有惋惜。流光如逝，时不再来。在微苦中实有甜美在。

月是故乡明。我什么时候能够再看到我故乡里的月亮呀！我怅望南天，心飞向故里。

一九八九年十一月三日

爽朗的笑声

据说，只有人是会笑的。我活在这个大地上几十年中，曾经笑过无数次，也曾看到别人笑过无数次。我从来没有琢磨过人会不会笑的问题，就好像太阳从东方出来，人们天天必须吃饭这样一些极其自然的、明明白白的、尽人皆知的、用不着去探讨的现象一样，无须再动脑筋去关心了。

然而，人是能够失掉笑的。

就连人能够失掉笑这个事实我以前也没有探讨过，不是用不着去探讨，而是没有想到去探讨，没有发现有探讨的必要；因为我从来还没有遇到过失掉了笑的人，没有想到过会有失掉了笑的人，好像没有遇到过鬼或者阴司地狱，没有想到过有鬼或者有阴司地狱那样。

人又怎能失掉笑呢？

我认识一位参加革命几十年的老干部。虽然他资格老，然而从来不摆老资格，不摆架子。我一向对老干部怀着说不出的、极其深厚的、出自内心的感情与敬佩。他们好像是我的一面镜子，可以照见自己的不足，激励自己前进。因此，我就很愿意接近他，愿意对他谈谈自己的思想。当然并不限于这些。我们有时简直是海阔天空，上下古今，文学艺术，哲学宗教，无所不谈。他给我留下了非常深刻的印象，特别是在闲谈时他的笑声更使我永生难忘。这不是会心的微笑，而是出自肺腑的爽朗的笑声。这笑声悠扬而清脆，温和而热情；它好像有极大的感染力，一听到它，顿觉满室生春，连一桌一椅都仿佛充满了生气，一花一草都仿佛洋溢出活力。有时候我甚至觉得这笑声冲破了高楼大厦，冲出了窗户和门，到处飘流回荡，响彻了整个燕园。

想当初当我听到这笑声的时候，我并没有觉得它怎样难能可贵，怎样不可缺少，就同日光空气一样，抬眼就可以看到，张嘴就可以吸入。又像春天的和风，秋日的细雨，只要有春天，有秋天，自然而然地就可以得到。中国古诗说："司空见惯浑闲事"，我一下子变成了古时候的司空了。

然而好景不长，天空里突然堆起了乌云，跟着来的是一场暴风骤雨。这一场暴风骤雨真是来得迅猛异常。不但我们自己没有经受过，而且也没有听说别人曾经经受过。我们都仿佛当头挨了一棒，直打得天旋地转，昏头昏脑。有一个时期，我们都失去了行动的自由，在一个阴森可怕的恐怕要超过"白公馆"和"渣滓洞"的地方住了一些时候。以后虽然恢复了自由，然而每个人的脑袋上还都戴着一大堆莫须有的帽子，天天过着如临深渊、如履薄冰的日子，谨小慎微，瞻前顾后，唯恐言行有什么"越轨"之处，随时提防意外飞来的横祸。我们的处境真比旧社会的童养媳还要困难。我们每个人的脑海里都有成百个问号，成千个疑团；然而问天天不语,问地地不应。我们只有沉默寡言,成为不折不扣的行尸走肉了。

在这期间,我也曾几次遇到过他,都是在路上。我看到他从远处走了过来,垂目低头,步履蹒跚。以前我看惯了的他那种矫健的步伐,轻捷的行姿,已经消逝得无影无踪了。我有时候下意识地迎上前去,好像是要做点什么;但是快到跟前的时候,最多也不过彼此相顾一下,立刻又低下了头,别转开脸,我们已经到了彼此不敢讲话、不能讲话的地步了。至于在这样的时刻他是怎样想的,我说不清楚。我心里只觉得一阵凄凉,眼泪立刻夺眶而出。

有一次,我在校医院门前遇到了他。这一回不是孤身一人,而是有一个年老的妇女扶着他。他的身体似乎更不行了,路好像都走不全,腿好像都迈不开,脚好像都抬不起,颤巍巍地好不容易向前挪动,费了好大劲才挪进了医院的大门,看样子是患了病。我一时冲动,很想鼓足了勇气走上前去探问一声。然而我不敢。那暴风骤雨的情景猛孤丁地展现在我眼前,我那一点剩勇好像是微弱的爝火,经雨一打,立刻就熄灭了。我不敢保证,如果再有一次那样的暴风骤雨,是否我还能经受得住。我硬是压下了我那向前去探问的冲动,只是站在远处注视着他。我是多么关心他的身体啊!然而我无能为力,我只能站在一旁看。幸好他并没有注意到我,否则也会引起他内心的激动,这样的激动对他的身体肯定是没有好处的。我全神贯注地注视着他,看他走进了校医院的玻璃门,他的身影在里面直晃动,在挂号处停留了一会儿,又被搀扶到走廊里去,身影于是完全消逝,大概是到哪一个屋子门口去等候大夫呼唤了。

当时我虽然注视了他很久很久，但是在开头时并没有发现有什么特异的情况，对他的身体的关心占住了我整个的注意力。等到他的身影消逝以后，我猛然发现，他脸上一点笑容都没有，他成了一个不会笑的人，他已经把笑失掉，当然更不用说那爽朗的笑声了。我心里猛烈地一震，我自己的这一个平凡又伟大的发现使我吃惊。我从前只知道笑是人的本能；现在我又知道，人是连本能也会失掉的。我活了六十多年才发现了这样一个真理，然而这是一个多么残酷、多么令人不寒而栗的真理啊！

我自己怎样呢？他在这里又在另外一种意义上成了我的一面镜子。拿这面镜子一照，我同他原来是一模一样，我脸上也是一点笑容都没有，我也成了一个不会笑的人，我也把笑失掉了。如果自己不拿这面镜子来照一照，这情况我是不会知道的。因为没有一个人会告诉我，没有一个人敢告诉我。像我这样的人，当时是没有几个人肯同我说话的。如果有大胆的人敢同我说上几句话，我反而感到不自然，感到受宠若惊。不时飞来的轻蔑的一瞥，意外遇到的大声的申斥，我倒安之若素，倒觉得很自然。我当时就像白天的猫头鹰，只要能避开人，我一定避开；只要有小路，我决不走大路；只要有房后的野径，我连小路也不走。只要有熟人迎面走来，我远远地就垂下了头。我只恨地上没有洞；如果有的话，我一定会钻了进去，最好一辈子也不出来。在这样的情况下，一个人能笑得起来吗？让他把笑保留住不失掉能办得到吗？我也只能同那一位老干部一样变成了一个不会笑的人了。

通过那几年的切身经历，我深深地感觉到，一个人如果失掉了笑，那就意味着，他同时也已经失掉了希望，失掉了生趣，失掉了一切。他活在世界上，在别人眼中，在他自己眼中，实际上成了一个多余的人，他只不过是行尸走肉，苟延残喘而已。什么清风，什么明月，什么春花，什么秋实，在别人眼中，当然都是非常可爱的；然而在他眼中，却什么快感也引不起来。他在这世界上如浮云，如幻影；世界对他也如浮云，如幻影。他自己就像一个幽灵，踽踽独行于遮天盖地的辽阔的寂寞中。他成了一个路人，一个"过客"，在默默地等候大限的来临。

真理毕竟要胜利，乌云决不会永在。经过了一番风雨，燕园里又出现了阳光，全中国也出现了阳光。记得是在一个座谈会上，我同这一位革命老前辈又见面了。他头发又白了很多，脸上皱纹也增添了不少，走路显得异常困难，说话声音很低。才几年的工夫，他好像老了二十年。我的心情很沉重，但是同时又很愉快。我发现他脸上又有了笑容，他又把笑找回来了。在谈到兴会淋漓的时候，他大笑起来，虽然声音较低，但毕竟是爽朗的笑声。这样的笑声我已经很久很久没有听到了。乍听之下，有如钧天妙乐，滋润着我的心灵，温暖着我的耳朵，怡悦着我的眼睛，激动着我的四肢。我觉得，这爽朗的笑声，就像骀荡的春风一样，又仿佛吹遍了整个燕园，响彻了整个燕园。我仿佛还听到它响彻了高山、密林、通都、大邑、工厂、农村、机关、学校，响彻了整个祖国大地，而且看样子还要永远响下去。

我现在不但在这位革命老前辈的脸上看到了已经失掉而又找回来的笑，而且在很多人的脸上都看到了笑容；老年人、中年人、青年人、妇女、儿童，无一例外。把笑失掉，是不容易的；把笑重新找回来，就更困难。我相信，一个在沧海中失掉了笑的人，决不能做任何的事情。我也相信，一个曾经沧海又把笑找回来的人，却能胜任任何的艰巨。一个很多人失掉了笑而只有一小撮人能笑的民族,决不能长久立于世界民族之林。只有能笑、会笑、敢笑、重新找回了笑的民族,才能创建宏伟的事业,才能在短期内实现四个现代化,才能阔步前进,建成社会主义,最终达到人类大同之域。

　　发现只有人是会笑的,是科学家。发现人也是能失掉笑的,是曾经沧海的人。两者都是伟大的发现。曾经沧海的人发现了这个真理,决不会垂头丧气,而是加倍地精神抖擞。我认识的那一位革命老前辈,在这里又成了我的一面镜子。我们都要感激那个沧海,它在另一方面教育了我们。我从小就喜欢读苏东坡的词句:"人有悲欢离合,月有阴晴圆缺,此事古难全。但愿人长久,千里共婵娟。"我想改一下最后两句:"但愿人长笑,千里共婵娟。"我愿意永远永远听到那爽朗的笑声。

一九七九年一月三十一日

寻 梦

夜里梦到母亲，我哭着醒来。醒来再想捉住这梦的时候，梦却早不知道飞到什么地方去了。

我瞪大了眼睛看着黑暗，一直看到只觉得自己的眼睛在发亮。眼前飞动着梦的碎片，但当我想到把这些梦的碎片捉起来凑成一整个的时候，连碎片也不知道飞到什么地方去了。眼前剩下的就只有母亲依稀的面影……

在梦里向我走来的就是这面影。我只记得，当这面影才出现的时候，四周灰蒙蒙的，母亲仿佛从云堆里走下来。脸上的表情有点同平常不一样，像笑，又像哭。但终于向我走来了。

我是在什么地方呢？这连我自己也有点弄不清楚。最初我觉得自己是在现在住的屋子里。母亲就这样一推屋角上的小门，走了进来。橘黄色的电灯罩的穗子就罩在母亲头上。于是我又想了开去，想到哥廷根的全城：我每天去上课走过的两旁有惊人的粗的橡树的古旧的城墙，斑驳陆离的灰黑色的老教堂，教堂顶上的高得有点古怪的尖塔,尖塔上面的晴空。然而,我的眼前一闪,立刻闪出一片芦苇,芦苇的稀薄处还隐隐约约地射出了水的清光。这是故乡里屋后面的大苇坑。于是我立刻觉到,不但我自己是在这苇坑的边上,连母亲的面影也是在这苇坑的边上向我走来了。我又想到,当我童年还没有离开故乡的时候,每个夏天的早晨,天还没亮,我就起来,沿了这苇坑走去,很小心地向水里面看着。当我看到暗黑的水面下有什么东西在发着白亮的时候,我伸下手去一摸,是一只白而且大的鸭蛋。我写不出当时快乐的心情。这时再抬头看,往往可以看到对岸空地里的大杨树顶上正有一抹淡红的朝阳——两年前的一个秋天,母亲就静卧在这杨树的下面,永远地,永远地,现在又在靠近杨树的坑旁看到她生前八年没见面的儿子了。

但随了这苇坑闪出的却是一枝白色灯笼似的小花,而且就在母亲的手里。我真想不出故乡里什么地方有过这样的花。我终于又想了回来,想到哥廷根,想到现在住的屋子,屋子正中的桌子上两天前房东曾给摆上这样一瓶花。那么,母亲毕竟是到哥廷根来过了,梦里的我也毕竟在哥廷根见过母亲了。

想来想去,眼前的影子渐渐乱了起来。教堂尖塔的影子套上了故乡的大苇坑,在这不远的后面又现出一朵朵灯笼似的白花,在这一些的前面若隐若现的是母亲的面影。我终于也不知道究竟在什么地方看到的母亲了。我努力压住思绪,使自己的心静了下来,窗外立刻传来潺潺的雨声,枕上也觉得微微有寒意。我起来拉开窗幔,一缕清光透进来。我向外怅望,希望发现母亲的足踪。但看到的却是每天看到的那一排窗户,现在都沉在静寂中,里面的梦该是甜蜜的吧!

但我的梦却早飞得连影都没有了；只在心头有一线白色的微痕,蜿蜒出去,从这异域的小城一直到故乡大杨树下母亲的墓边;还在暗暗地替母亲担着心:这样的雨夜怎能跋涉这样长的路来看自己的儿子呢? 此外,眼前只是一片空濛,什么东西也看不到了。

天哪! 连一个清清楚楚的梦都不给我吗? 我怅望灰天,在泪光里,幻出母亲的面影。

一九三六年七月十一日于德国哥廷根

梦萦水木清华

离开清华园已经五十多年了，但是我经常想到她。我无论如何也忘不掉清华的四年学习生活。如果没有清华母亲的哺育，我大概会是一事无成的。

在三十年代初期，清华和北大的门槛是异常高的。往往有几千名学生报名投考，而被录取的还不到十分甚至二十分之一。因此，清华学生的素质是相当高的，而考上清华，多少都有点自豪感。

我当时是极少数的幸运儿之一，北大和清华我都考取了。经过了一番艰苦的思考，我决定入清华。原因也并不复杂，据说清华出国留学方便些。我以后没有后悔。清华和北大各有其优点，清华强调计划培养，严格训练；北大强调兼容并包，自由发展，各极其妙，不可偏执。

在校风方面，两校也各有其特点。清华校风我想以八个字来概括：清新、活泼、民主、向上。我只举几个小例子。新生入学，第一关就是"拖尸"，这是英文单词 toss 的音译。意思是，新生在报到前必须先到体育馆，旧生好事者列队在那里对新生进行"拖尸"。办法是，几个彪形大汉把新生的两手、两脚抓住，举了起来，在空中摇晃几次，然后抛到垫子上，这就算是完成了手续，颇有点像《水浒传》上提到的杀威棍。墙上贴着大字标语："反抗者入水！"游泳池的门确实在敞开着。我因为有同乡大学篮球队长许振德保驾，没有被"拖尸"。至今回想起来，颇以为憾：这个终生难遇的机会轻轻放过，以后想补课也不行了。

这个从美国输入的"舶来品"，是不是表示旧生"虐待"新生呢？我不认为是这样。我觉得，这里面并无一点敌意，只不过是对新伙伴开一点玩笑，其实是充满了友情的。这种表示友情的美国方式，也许有人看不惯，觉得洋里洋气的。我的看法正相反。我上面说到清华校风清新和活泼，就是指的这种"拖尸"，还有其他一些行动。

我为什么说清华校风民主呢？我也举一个小例子。当时教授与学生之间有一条鸿沟，不可逾越。教授每月薪金高达三四百元大洋，可以购买面粉二百多袋，鸡蛋三四万个。他们的社会地位极高，往往目空一切，自视高人一等。学生接近他们比较困难。但这并不妨碍学生开教授的玩笑。开玩笑几乎都在《清华周刊》上。这是一份由学生主编的刊物，文章生动活泼，而且图文并茂。现在著名的戏剧家孙浩然同志，就常用"古巴"的笔名在《周刊》上发表漫画。有一天，俞平伯先生忽然大发豪兴，把脑袋剃了个净光，大摇大摆，走上讲台，全堂为之愕然。几天以后，《周刊》上就登出了文章，讽刺俞先生要出家当和尚。

第二件事情是针对吴雨僧（宓）先生的。他正教我们"中西诗

之比较"这一门课。在课堂上,他把自己的新作《空轩》十二首诗
印发给学生。这十二首诗当然意有所指,究竟指的是什么? 我们
说不清楚。反正当时他正在多方面地谈恋爱,这些诗可能与此有
关。他热爱毛彦文是众所周知的。他的诗句:"吴宓苦爱(毛彦
文),三洲人士共惊闻",是夫子自道。《空轩》诗发下来不久,校刊
上就刊出了一首七律今译,我只记得前一半:

> 一见亚北貌似花
> 顺着秋秸往上爬
> 单独进攻忽失利
> 跟踪钉梢也挨刷

最后一句是:"椎心泣血叫妈妈。"诗中的人物呼之欲出,熟
悉清华今典的人都知道是谁。

学生同俞先生和吴先生开这样的玩笑,学生觉得好玩,威严
方正的教授也不以为忤。这种气氛我觉得很和谐有趣。你能说这
不民主吗? 这样的琐事我还能回忆起一些来,现在不再啰嗦了。

清华学生一般都非常用功,但同时又勤于锻炼身体。每天下
午四点以后,图书馆中几乎空无一人,而体育馆内则是人山人
海,著名的"斗牛"正在热烈进行。操场上也挤满了跑步、踢球、打
球的人。到了晚饭以后,图书馆里又是灯火通明,人人伏案苦读了。

根据上面谈到的各方面的情况,我把清华校风归纳为八个
字:清新、活泼、民主、向上。

我在这样的环境中生活、学习了整整四个年头,其影响当然
是非同小可的。至于清华园的景色,更是有口皆碑,而且四时不

同：春则繁花烂漫，夏则藤影荷声，秋则枫叶似火，冬则白雪苍松。其他如西山紫气、荷塘月色，也令人忆念难忘。

现在母校八十周年了。我可以说是与校同寿。我为母校祝寿，也为自己祝寿。我对清华母亲依恋之情，弥老弥浓。我祝她长命千岁，千岁以上。我祝自己长命百岁，百岁以上。我希望在清华母亲百岁华诞之日，我自己能参加庆祝。

一九八八年七月二十二日

听 诗

——欧游散记之一

　　自己也不知道为什么，从很早的时候，就常有一幅影像在我眼前晃动：我仿佛看到一个垂老的诗人，在暗黄的灯影里，用颤动幽抑的声音，低低地念出自己心血凝成的诗篇。这颤声流到每个听者的耳朵里、心里，一直到灵魂的深深处，使他们着了魔似的静默着。这是一幅怎样动人的影像呢？然而，在国内，我却始终没能把这幅影像真真地带到眼前来，转变成一幅更具体的情景。这影像也就一直是影像，陪我走过西伯利亚，来到哥廷根。谁又料到在这沙漠似的哥廷根，这影像竟连着两次转成具体的情景，我连着两次用自己的耳朵听到老诗人念诗。连我自己现在想起来，也像回忆一个充满了神奇的梦了。

　　当我最初看到有诗人来这里念诗的广告贴出来的时候，我的心喜欢得直跳。念诗的是老诗人宾丁(Rudolf G. Binding)，又是一个能引起人们的幻想的名字。我立刻去买了票，我真想不到这古老的小城还会有这样的奇迹。离念诗还有十来天,我每天计算着日子的逝去。在这十来天中,一向平静又寂寞的生活竟也仿佛有了点活气,竟也渲染上了点色彩。虽然照旧每天一个人拖了一条影子,走过一段两旁有着粗得惊人的老树的古城墙,到大学去;再拖了影子,经过这段城墙走回家来。然而心情却意外地觉得多了点什么。

终于盼到念诗的日子,从早晨就下起雨来。在哥廷根,下雨并不是什么奇事。而且这里的雨还特别腻人,有时会连着下上七八天。仿佛有谁把天钻上了无数的小孔似的,就这样不急不慢永远是一股劲地向下滴。抬头看灰暗的天空,心里便仿佛塞满了棉花似的窒息。今天的雨仍然同以前一样,然而我的心情却似乎有点不同了。我的心里充满了喜悦,仿佛正有一个幸福就在不远的前面等我亲手去捉,在灰暗的不断漏着雨丝的天空里也仿佛亮着幸福的星。

念诗的时间是在晚上。黄昏的时候,就有一位在这里已经住过七年以上的朋友来邀我。我们一同走出去,雨点滴在脸上,透心地凉,使我有深秋的感觉。在昏暗的灯光中,我们摸进女子中学的大礼堂。里面已经挤了上千的人,电灯照得明耀如白昼。这使我多少有点惊奇,又有点失望。我总以为念诗应该在一间小屋中,暗黄的灯影里,只有几个素心人散落地围坐着;应该是梦似的情景。然而眼前的情景却竟是这样子。但这并不能使我灰心,不久我就又恢复了以前的兴头,在散乱嘈杂的声音里期待着。

声音蓦地静下去,诗人已经走了进来。他似乎已经很老了,走路都有点摇晃。人们把他扶上讲台去,慢慢地坐在预备好的椅子上,两手交叉起来,然而不说话。在短短的神秘的寂静中,我的心有点颤抖。接着说了几句引言,论到自由,论到创作,于是就开始念诗。最初的声音很低,微微有点颤动,然而却柔婉得像秋空的流云,像春水的细波,像一切说都说不出的东西。转了几转以后,渐渐地高起来了。每一行不平常的诗句里都仿佛加入了许多新的东西,加入了无量更不平常的神秘的力量。仿佛有一颗充满了生命力的灵魂跳动在里面,连我自己的渺小的灵魂也仿佛随了那大灵魂的节律在跳动着。我眼前诗人的影子渐渐地大起来,大起来,一直大到任什么都看不到。于是只剩了诗人的微颤又高亢的声音不知从什么地方飘了来,宛如从天上飞下来的一道电光,从万丈悬崖上注下来的一线寒流,在我的四周舞动。我的眼前只是一片空濛,我什么东西都看不到了。四周的一切都仿佛化成了灰,化成了烟,连自己也仿佛化成了灰,化成了烟,随了那一股神秘的力量飞到不知什么地方去了。

不知多久以后,我的四周蓦地一静,我的心一动,才仿佛从一阵失神里转来一样,发现自己仍然坐在这里听诗。定了定神,向台上看了看,灯光照了诗人脸的一半,黑大的影投在后面的墙上。他的诗已经念完,正预备念小说。现在我眼前的幻影一点也不剩了,我抬头看了看全堂的听者,人人都瞪大了眼睛静默着。又看了看诗人,满脸的皱纹在一伸一缩地跳动着:我们很容易看出这位老人是在怎样吃力地读着自己的作品。

小说终于读完了。人们又把这位老诗人扶下讲台,热烈的掌声把他送出去,但仍然不停,又把他拖回来,他走到讲台的前面,向人们慢慢地鞠了一个躬,才又慢慢地踱出去。

礼堂里立刻起了一阵骚动:人们都想跟了诗人去请他在书上签字。我同朋友也挤了出去,挤到楼下来。屋里已经填满了人。

我们于是就等，用最大的耐心等。终于轮到了自己。他签字很费力，手有点颤抖，签完了，抬眼看了看我，我才发现他的眼睛是异常地大的，而且充满了光辉。也许因为看到我是个外国人的缘故，嘴里喃喃地说了一句什么；但没等我说话，后面的人就挤上来，把我挤出屋去，又一直把我挤出了大门。

外面雨还没停，一条条的雨丝在昏暗的路灯下闪着光，地上的积水也凌乱地闪着淡光。那一双大的充满了光辉的眼睛只是随了我的眼光转，无论我的眼光投到哪里去，那双眼睛便冉冉地浮现出来。在寂静的紧闭的窗子上，我会看到那一双眼睛；在远处的暗黑的天空里，我也会看到那双眼睛。就这样陪着我，一直陪我到家，又一直把我陪到梦里去。

这以后不久，又有了第二次听诗的机会。这次念诗的是卜龙克（Hans Friedrich Blunck）。他是学士院的主席，相当于英国的桂冠诗人。论理应该引起更大的幻想，但其实却不然。上次自己可以制造种种影像，再用幻想来涂上颜色，因而给自己一点期望的快乐。但这次，既然有了上次的经验，又哪能再凭空去制造影像呢？但也就因了有上次的经验，知道了诗人的诗篇从诗人自己嘴里流出来的时候是有着怎样大的魔力，所以对日子的来临渴望得比上次又不知厉害多少倍了。

在渴望中，终于到了念诗的那天。又是阴沉的天色，随时都有落下雨来的可能。黄昏的时候，我去找到那位朋友，走过那一段古老的城墙，一同到大学的大讲堂去。

人不像上次多，讲台的布置也同上次不一样。上次只是极单纯的一张桌子，一把椅子。这次桌子前却挂了国社党的红底黑字的旗子，而且桌子上还摆了两瓶乱七八糟的花。我感到深深地失望的悲哀。我早没有了那在一间小屋中暗黄的灯影里只有几个人听诗的幻想，连上次那样单纯质朴的意味也寻不到踪影了。

最先是一个毛手毛脚的年轻小伙子飞步上台，把右手一扬，开口便说话。嘴鼻子乱动，眼也骨碌骨碌地直转。看样子是想把眼光找一个地方放下，但看到台下有这样许多人看自己，急切又找不到地方放，于是嘴鼻子眼也动得更厉害。我忍不住直想笑出声来。但没等我笑出来，这小伙子，说过几句介绍词之后，早又毛手毛脚地跳下台来了。

接着上去的是卜龙克。他不知道什么时候已经来到这屋里，只从前排的一个位子上站起来就走上台去。他的貌相颇有点滑稽。头顶全秃光了，在灯下直闪光。嘴向右边歪，左嘴角上一个大疤。说话的时候，只有上唇的右半颤动，衬了因说话而引起的皱纹，形成一个奇异的景象。同宾丁一样，说了几句话之后，就开始念自己的诗。但立刻就给了我一个不好的印象。音调不但不柔婉，而且生涩得令人想也想不到，仿佛有谁勉强他来念似的，抱了一肚皮委屈，只好一顿一挫地念下去。我想到宾丁，在那老人的颤声里是有着多么大的魔力呢？但我终于忍耐着。念过几首之后，又念到他采了民间故事仿民歌作的歌。不知为什么诗人忽然兴奋起来，声音也高起来了。在单纯质朴的歌调中，仿佛有一股原始的力量在贯注着。我的心又不知不觉飞了出去，我又到了一个忘我的境界。当他念完了诗再念小说的时候，他似乎异常地高兴，微笑从不曾离开过他的脸。听众不时发出哄堂的笑声，表示他们也都很兴奋。这笑声延长下去，一直到诗人念完了小说带了一脸的微笑走下讲台。

我们又随着人们挤出了大讲堂，外面是阴暗的夜。我们仍然走过那段古城墙，抬头看到那座中世纪留下来的古老教堂的尖顶，高高地刺向灰暗的天空里去，像一个巨人的影子。同上次一样，诗人的面影又追了我来，就在我眼前不远的地方浮动。同时那位老诗人的有着那一双大而有光辉的眼睛的面影，也浮到眼前来。无论眼前看到的是一棵老树，是树后面一团模糊的山林，但这两个面影就会浮在前面。就这样，又一直把我送到家，又一直把我送到梦里去。

　　到现在已经一个多月了，每在不经心的时候，一转眼，便有这样两个面影一前一后地飘过去，这两位诗人的声音也便随着缭绕在耳旁，我的心立刻起一阵轻微的颤动。有人会以为这些纠缠不清的影子对我是一个大的累赘。然而正相反，我自己心里暗暗地庆幸着：从很早的时候就在眼前晃动的那幅影像终于在眼前证实了。自己就成了那影像里的一个听者，诗人的颤声就流到自己的耳朵里、心里，灵魂的深深处，而且还永远永远地埋起来。倘若真是一个梦的话，又有谁否认这不是一个充满了神奇的梦呢！

　　　　　一九三六年二月二十六日于德国哥廷根

Wala

——欧游散记之二

　　总有一个女孩子的面影飘动在我的眼前：淡红的双腮，圆圆的大眼睛。这面影对我这样熟悉，却又这样生疏。每次当它浮起来的时候，我一点也不去理会，它只是这么摇摇曳曳地在我眼前浮动一会，蓦地又暗淡下去，终于消逝到不知什么地方去了。我的记忆也自然会随了这消逝去的影子追上去，一直追到六年前的波兰车上。

　　也是同现在一样的夏末秋初的天气，我在赤都游了一整天以后，脑海里装满了红红绿绿的花坛的影像，走上波德通车。我们七个中国同学占据了一个车厢，谈笑得颇为热闹。大概快到华沙了吧，车里渐渐暗了下来，这时忽然走进一个年轻的女孩子来。我只觉得有一个秀挺的身影在我眼前一闪，还没等我细看的时候，她已经坐在我的对面。我的地理知识本来不高明，在国内的时候，对波兰就不大清楚，对波兰的女孩子更模糊成一团。后来读到一位先生游波兰描写波兰女孩子的诗，当时的印象似乎很深，但不久就渐渐淡了下来，终于连一点痕迹都没有了。然而自己竟到了波兰，而且对面就坐了一个美丽的波兰女孩子：淡红的双腮，圆圆的大眼睛。

倘若在国内的话，七个男人同一个孤身的女孩子坐在一起，我们即使再道学，恐怕也会说一两句带着暗示的话，让女孩子红上一阵脸，我们好来欣赏娇羞含怒然而却又带笑的态度。然而现在却轮到我们红脸了。女孩子坦然地坐在那里，脸上挂着一丝微笑，把我们七个异邦的青年男子轮流看了一遍，似乎想要说话的样子。但我们都仿佛变成在老师跟前背不出书来的小学生，低了头，没有一个人敢说些什么。终于还是女孩子先开了口。她大概知道我们不能说波兰话，只用德文问我们会说哪一国话。我们七个中有一半没学过德文。我自己虽然学过，但也只是书本子里的东西。现在既然有人问到了，也只好勉强回答说自己会说德文。谈话也就开始了，而且还是愈来愈热闹。我们真觉得语言的功用有时候并不怎样大，静默或其他别的动作还能表达更多更复杂更深刻的思想。当时我们当然不能长篇大论地叙述什么，有的时候竟连意思都表达不出来，这时我们便相对一笑，在这一笑里，我们似乎互相了解了更多更深的东西。刚才她走进来的时候，先很小心地把一个坐垫放在座位上，然后坐下去。经过了也不知道多少时候，我蓦地发现这坐垫已经移到一位中国同学的身子下面去；然而他们两个人都没注意到，当时热闹的情形也可以想见了。

在满洲里的时候，我们曾经买了几瓶啤酒似的东西。一路上，每到一个大车站，我们就下去用铁壶提开水来喝，这几瓶东西却始终珍惜着没有打开。现在却仿佛蓦地有一个默契流过我们每个人的心中,一位同学匆匆忙忙地找出来了一瓶打开,没有问别人,其余的人也都兴高采烈地帮忙找杯子,没有一个人有半点反对的意思。不用说,我们第一杯是捧给这位美丽的女孩子的。她用手接了,先不喝,问我这是什么。我本来不很知道这究竟是什么,反正不过是酒一类的东西,而且我脑子里关于这方面的德文字也就只有一个酒字,就顺口回答说:"是酒。"她于是喝了一口,立刻抬起眼含着笑仿佛谴责似的问着我说:"你说是酒?"这双眼睛这样大,这样亮,又这样圆,再加上玫瑰花似的微笑,这一切深深地压住了我的心,我本来没有意思辩解,现在更没话可说,其实也不能说什么话了。她没有再说什么,拿出她自己带来的饼干分给我们吃。我们又吃又喝,忘记了现在是在火车上,是在异域;忘记了我们是初相识的异国的青年男女,根本忘记了我们自己,忘记了一切。她皮包里带着许多相片,她一张一张地拿给我们看。我们也把我们身边带的书籍画片,甚至连我们的毕业证书都找出来给她看。小小的车厢里充满了融融的欣悦。一位同学忽然问她叫什么名字,她立刻毫不忸怩地把自己的名字写在我们的簿子上:Wala,一个多么美妙、令人一听就神往的名字!

大概将近半夜了吧,我走到另外一个车厢里想去找一个地方睡一会。终于在一个角落里找到一个位子,对面坐了一位大鼻子的中年人。才一出国,看到满车外国人,已经有点觉得生疏;再看了他这大鼻子,仿佛自己已经走进了一个童话的国土里来了,有说不出的感觉。这大鼻子仿佛有魔力,把我的眼睛吸住,我非看不行。我敢发誓,我一生还没有看到这样大的鼻子。他耳朵上又罩上了无线电收音机,衬上这生在脸正中的一块大肉,这一切合起来凑成一幅奇异的图案画,看得我再也忍不住笑起来。但他偏又高兴同我说话,说着破碎的英语,一手指着自己的头,一手指着远处坐着的 Wala,头摇了两摇,奇异的图案画上浮起一丝鄙夷微笑。我抬起头来看了看 Wala,才发现她头上戴了一顶红红绿绿的小帽子。刚才我竟没有注意到,我的全部精神都让她的淡红的双腮同圆圆的大眼睛吸住了。现在忽然发现她头上的小帽子,只觉得更增加了她的妩媚。一直到现在我还不明白,这位中年人为何讨厌这一顶同她的秀美的面孔相得益彰的小帽子。

我现在已经忆不起来,我们怎样分的手。大概是我们,至少是我,坐着矇矇眬眬地睡了会,其间 Wala 就下了车。我当时醒了后确曾觉得非常值得惋惜,我们竟连一声再会都没能说,这美丽的女孩子就像神龙似的去了。我仿佛看了一个夏夜的流星。但后来自己到了德国,蓦地投到一个新的环境里去,整天让工作压得不能喘一口气。以前在国内的时候,无论是做学生,是教书,尽有余裕的时间让自己的幻想出去飞一飞,上至青天,下至黄泉,到种种奇幻的世界里去翱翔,想到许多荒唐的事情,摹绘给自己种种金色的幻影,然后再回到这个世界里来。现在每天对着自己的全是死板板的现实,自己再没有余裕把幻想放出去,Wala 的影子似乎已经从我的记忆里消逝了去,我再也想不到她了。这样就过去了六个年头。

前两天,一个细雨萧索的初秋的晚上,一位中国同学到我家里来闲谈。谈到附近一个菜园子里新近来了一个波兰女孩子在工作。这女孩子很年轻,长得又非常美丽,父母都很有钱。在波兰刚中学毕业,正要准备进大学的时候,德国军队冲进波兰。在听过几天飞机大炮以后,于是就来了大恐怖,到处是残暴与血光。

在风声鹤唳的情况里过了一年，正在庆幸着自己还能活下去的时候，又被希特勒手下的穿黑衣服的两足走兽强迫装进一辆火车里运到德国来，终于被派到哥廷根来，在这个菜园子里做下女。她天天做着牛马的工作，受着牛马的待遇，一生还没有做过这样的苦工。出门的时候，衣襟上还要挂上一个绣着 P 字的黄布，表示她是波兰人，让德国人随时都能注意她的行动；而且也只能白天出门，晚上出去捉起来立刻入监狱。电影院戏院一类娱乐的地方是不许她去的。衣服票鞋票当然领不到，衣服鞋破了也只好将就着穿，所以她这样一个年轻又美丽的女孩子，衣服是破烂不堪的，脚上穿的又是木头鞋。工资少到令人吃惊。回家的希望简直更渺茫，只有天知道，她什么时候能再见到她的故乡，她的父母！我的朋友也不由得叹了一口气。

我的眼前电火似的一闪，立刻浮起 Wala 的面影，难道这个女孩子就是 Wala 么？但立刻我又自己否认，这不会是她的，天下不会有这样凑巧的事情。然而立刻又想到，这女孩子说不定就是 Wala，而且非是她不行；命运是非常古怪的，它有时候会安排下出人意料的事情。就这样，我的脑海里纷乱成一团，躺下无论如何也睡不着，伏在枕上听窗外雨声滴着落叶，一直到不知什么时候。

第二天早晨起来，到研究所去的时候，我就绕路到那菜园子去。这里我以前本来是常走的，一切我都很熟悉。但今天我看到这绿绿的菜畦，黄了叶子的苹果树，中间一座两层的小楼，我的眼前发亮，一切都蓦地对我生疏起来，我仿佛第一次看到这许多东西，我简直失了神似的，觉得以前菜畦没有这样绿，苹果树的叶子也没有黄过，中间并没有这样一座小楼。但现在却清清楚楚地看到眼前有这样一座楼，小小的红窗子就对着黄了叶子的苹果林，小巧得古怪又可爱。我注视这窗口，每一刹那我都盼望着，蓦地会有一个女孩子的头探出来，而且这就是 Wala。在黄了叶子的苹果树下面，我也每一刹那都在盼望着，蓦地会有一个秀挺的少女的身影出现，而且这也就是 Wala。但我什么也没有看到。我带了一颗失望的心走到研究所，工作当然做不下去。黄昏回家的时候，我又绕路从这菜园子旁边走过，我直觉地觉得反正在离我住的地方不远的小楼里有一个 Wala 在；但我却没有一点愿望再看这小楼，再注视这窗口，只匆匆走过去，仿佛是一个被检阅的兵士。

以后，我每天要绕路到那菜园子附近去走上两趟。我什么也没看到，而且我也不希望看到什么，因我现在已经知道，这女孩子不会是 Wala 了。不看到，自己心里终究有一个极渺茫极不成希望的希望：说不定她就真是 Wala。怀了这渺茫的希望，回到家来，每当夜深人静的时候，就把幻想放出去，到种种奇幻的世界里去翱翔，想到许多荒唐的事情，给自己摹描种种金色的幻影。这幻影会自然而然地把我带到六年前的波兰车上。我瞪大了眼睛向眼前的空虚处看去，也自然而然地有一个这样熟悉然而又这样生疏的女孩子的面影摇摇曳曳地浮现起来：淡红的双腮，圆圆的大眼睛。

我每次想到的就是这似乎平淡然而却又很深刻的诗句："同是天涯沦落人"。因为，我已经再不怀疑，即使这女孩子不是 Wala，但 Wala 的命运也不会同这女孩子有什么区别，或者还更坏。她也一定是在看过残暴与血光以后，被另外一个希特勒手下的穿黑衣服的两足走兽强迫装进一辆火车里拖到德国来，在另一块德国土地上,做着牛马的工作,受着牛马的待遇,出门的时候也同样要挂上一个 P 字黄牌,同样不能看到她的父母,她的故乡。但我自己的命运又有什么两样呢? 不正是另一群兽类在千山万山外自己的故乡里散布残暴与火光吗? 故乡的人们也同样做着牛马的工作,受着牛马的待遇,自己也同样不能见到自己的家属,自己的故乡。"同是天涯沦落人",但是我们连"相逢"的机会都没有,我真希望我们这曾经一度"相识"者能够相对流一点泪,互相给一点安慰。但是,即使她现在有泪,也只好一个人独洒了,她又到什么地方能找到我呢? 有时候,我曾经觉得世界小过,小到令人连呼吸都不自由;但现在我却觉得世界真正太大了。在茫茫的人海里,找寻她,不正像在大海里找寻一粒芥子么? 我们大概终不能再会面了。

一九四一年于德国哥廷根

表的喜剧

—— 欧游散记之三

    自己是乡下人,没有见过多大的世面;乡下人的固执与畏怯也还保留了一部分。初到柏林的时候,刚走出了车站,头里面便有点朦胧。脚下踏着的虽然是光滑的柏油路,但我却仿佛踏上了棉花。眼前飞动着汽车电车的影子,天空里交织着电线,大街小街错综交叉着:这一切织成了一幅有魔力的网,我便深深地陷在这网里。我惘然地跟着别人走,我简直像在一片茫无涯际的大海里摸索了。

    在这样一片茫无涯际的大海里,我第一次感觉到表的需要,因为它能告诉我,什么时候应当去吃饭,什么时候应当去访人。说到表,我是一个十足的门外汉。在国内的时候,朋友们中最少也是第三个表,或是第四个表的主人。然而对我,表却仍然是一个神秘的东西。虽然有时在等汽车的时候,因为等得不耐烦了,便沿着街向街旁的店铺里张望,希望能发现一只挂在墙上的钟,看看时间究竟到了没有。但张望的结果，却往往是，走了极远的路而碰不到一只钟。即便侥幸能碰到几只，然而每只所指的时间，最少也要相差半点钟。而且因为张望的态度太有点近于滑稽，往往引起铺子里伙计的注意，用怀疑的眼光看我几眼。当我从这怀疑的眼光的扫射下怀了一肚皮的疑虑逃回汽车站的时候，汽车已经开走了。一直到去年秋天，自己要按钟点挣面包的时候，才买了一只表。然而只走了三天，就停下来。到表铺一问，说是发条松。修理好了，不久又停下来。又去问，说是针有毛病。修理到五六次的时候，计算起来，修理费已经超过了原价，但它却仍然僵卧在桌子上。我便下决心，花了相当大的一个数目另买了一只。果然能使我满意了。这表就每天随着我，一直随我坐上西伯利亚的火车。然而在斯托扑塞换车的时候，因为急着搬行李，竟把玻璃罩碰碎了。在当时惶遽仓促的心情下，并不觉得是一个多大的损失，就把它放在一个茶叶瓶里，又坐了火车。当我到了这茫无涯际的海似的柏林的时候，我才又觉到它的需要了。

于是在到了的第三天，就由一位在柏林住过两年的朋友陪我出去修理。仍然有一幅充满了魔力的网笼罩着我的全身。我迷惘地随了他走。终于在康德街找到了一家表铺。说明了要换一个玻璃罩，表匠给了我一张纸条。我只看到上面有黑黑的几行字的影子，并没看清是什么字。因为我相信，上面最少也会有这表铺的名字和地址；只要有名字和地址，表就可以拿回去的。他答应我们第二天去拿，我们就跨出了铺门。

第二天的下午，我不愿意再让别人陪我走无意义的路，我便自己出发去取表。但是一想到究竟要到什么地方去取呢，立刻有一团迷离错杂的交织着电线的长长的街的影子浮动在我的眼前。我拿出那张纸条来看，我才发现，上面只印着收到一只修理的表，铺子名字却没有，当然更没有地址。我迷惑了，但我却不能不找找看。我本能地沿着康德街的左面走去，因为我虽然忘记了地址，但我却模模糊糊地记得是在街的左面。我走上去，我把我的注意力集中到每个铺子的招牌上，每一个铺子的窗子里。我看过各种各样的招牌和窗子。我时时刻刻预备着接受这样一个奇迹，蓦地会有一个表字或一只表呈现到我的眼前。然而得到的却是失望。我仍然走上去，康德街为什么竟这样长呢？我一直走到街的尽端，只好折回来再看一遍。终于在一大堆招牌里我发现了一个表铺的招牌。因为铺面太小了，刚才竟漏了过去。我仿佛到了圣地似的快活，一步跨进去。但立刻觉得有点不对。昨天我们跨进那个表铺的时候，那位修理表的老头正伏在窗子前面工作。我们一进去，他仿佛吃惊似的把一把刀子掉在地上。他伏下身去拾刀子的时候，我发现他背后有一架放满了表的小玻璃橱。但今天那架橱子移到哪儿去了呢？还没等我这疑虑扩散开来，主人出来了，也是一位老头。我只好把纸条交给他，他立刻就去找表。看了他的神气，想到刚才自己的怀疑，我笑了。但找了半天，表终于没找到。他用手搔着发亮的头皮，显出很焦急的样子。他告诉我，他的太太或者知道表放在什么地方，但她现在却不在家。让我第二天再去。他仿佛很抱歉的样子，拿过一支铅笔来，把他的地址写在那张纸条的后面。我只好跨出来，心里充满了疑惑和不安定，当我踏着暮色走回去的时候，对着这海似的柏林，我叹了一口气。

　　过了一个杂念缭绕的夜，我又在约定的时间走了去。因为昨天究竟有过那样的怀疑，所以走在路上的时候，我仍然注意每一

个铺子的招牌和窗子里陈列的东西,希望能再发现一个表铺。不
久我的希望就实现了,是一个更小的表铺。主人有点驼背。我把
纸条递给他,问他,是不是他的。他说不是。我只好走出来,终于
又走到昨天去过的那铺子。这次老头不在家, 出来的是他的太
太。我递给她纸条。她看到上面的字是她丈夫写的,立刻就去找
表。她比老头还要焦急。她拉开每一个抽屉,每一个橱子;她把每
一个纸包全打开了;她又开亮了电灯,把暗黑的角隅都照了一
遍。然而表终于没找到。这时我的怀疑一点都没有了,我的心有
点跳,我仿佛觉得我的表的的确确是送到这儿来的。我注视着老
太婆,然而不说话。看了我的神气,老太婆似乎更焦急了。她的白
发在电灯下闪着光,有点颤动。然而表却只是找不到,她又会有
什么办法呢?最后,她只好对我说,她丈夫回来的时候问问看。她
让我过午再去。我怀了更大的疑惑和不安定走了出来。

当天的过午,看看要近黄昏的时候,我又一个人走了去,一
开门,里面黑沉沉的;我觉得四周立刻古庙似的静了起来;我能
听到自己的心跳动的声音。等了好一会,才见两个影子从里面移
动出来。开了灯,看到是我,老头有点显得惊惶,老太婆也显然露
出不安定的神气。两个人又互相商议着找起来;把每一个可能的
地方全找过了,但表却终于没找到。老头更用力地用手搔着发亮
的头皮,老太婆的头发在灯影里也更颤动得厉害。最后老头终于
忍不住问我了,是不是我自己送来的。这问题真使我没法回答。
我的确是自己送来的,但送的地方不一定是这里。我昨天的怀疑
立刻又活跃起来。我看不到那个放满了表的小玻璃橱,我总觉得
这地方不大像我送表去的地方。我于是对他解释说,我到柏林还
不到四天,街道弄不熟悉。我问他,那纸条是不是他发给我的。他

听了,立刻恍然大悟似的噢了一声,没有说什么,很匆忙地从抽屉里拿出一叠纸条,同我给他的纸条比着给我看。两者显然有极大的区别:我给他的那张是白色的,然而他拿出的那一叠却是绿色的,而且还要大一倍。他说,这才是他的收条。我现在完全明白了我走错了铺子。因为自己一时的疏忽,竟让这诚挚的老人陪我演了两天的滑稽剧,我心里实在有点不过意。我向他道歉,我把我脑筋里所有的在这情形下用得着的德文单词全搜寻出来,老人脸上浮起一片诚挚而会意的微笑,没说什么。然而老太婆却有点生气了,嘴里嘟噜着,拿了一块橡皮用力在我给她的那张纸条上擦,想把她丈夫写上的地址擦了去。我却不敢怨她,她是对的,白白地替我担了两天心,现在出出气,也是极应当的事。临走的时候,老头又向我说,要我到西面不远的一家表铺去问问,并且把门牌写给我。按着号数找到了,我才知道,就是我昨天去过的主人有点驼背的那个铺子。除了感激老头的热诚以外,我还能说什么呢?

我沿着康德街走上去,心里仿佛坠上了一块石头。天空里交织着电线,眼前是一条条错综交叉的大街小街,街旁的电灯都亮起来了,一盏一盏沿着街引上去,极目处是半面让电灯照得晕红了起来的天空。我不知道柏林究竟有多大,我也不知道我现在在柏林的哪一部分。柏林是大海,我正在这大海里飘浮着,找一个比我自己还要渺小的表。我终于下意识地走到我那位在柏林住过两年的朋友的家里去,把两天来找表的经过说给他;他显出很怀疑的神气,立刻领我出来,到康德街西半的一个表铺里去。离我刚才去过的那个铺子最少有二里路。拿出了收条,立刻把表领出来。一拿到表,我心里有说不出的感觉,我仿佛亲手捉到一个奇迹。我又沿了康德街走回家去。当我想到两天来演的这一幕小小的喜剧，想到那位诚挚的老头用手搔着发亮的头皮的神气的时候，对了这大海似的柏林，我自己笑起来了。

一九三五年十一月二日于德国哥廷根

重返哥廷根

——欧游散记之四

我真是万万没有想到,经过了三十五年的漫长岁月,我又回到这个离开祖国几万里的小城里来了。

我坐在从汉堡到哥廷根的火车上,我简直不敢相信这是事实。难道是一个梦吗? 我频频问着自己。这当然是非常可笑的,这毕竟就是事实。我脑海里印象凌乱,面影纷呈。过去三十多年来没有想到的人,想到了;过去三十多年来没有想到的事,想到了。我那一些尊敬的老师,他们的笑容又呈现在我眼前。我那像母亲一般的女房东,她那慈祥的面容也呈现在我眼前。那个宛宛婴婴的女孩子伊尔穆嘉德, 也在我眼前活动起来。那窄窄的街道、街道两旁的铺子、城东小山的密林、密林深处的小咖啡馆、黄叶丛中的小鹿, 甚至冬末春初时分从白雪中钻出来的白色小花雪钟,还有很多别的东西,都一齐争先恐后地呈现到我眼前来。一霎时,影像纷乱,我心里也像开了锅似的激烈地动荡起来了。

火车一停,我飞也似的跳了下去,踏上了哥廷根的土地。忽然有一首诗涌现出来:

> 少小离家老大回
> 乡音无改鬓毛衰
> 儿童相见不相识
> 笑问客从何处来

怎么会涌现这样一首诗呢?我一时有点茫然、懵然。但又立刻意识到,这一座只有十来万人的异域小城,在我的心灵深处,早已成为我的第二故乡了。我曾在这里度过整整十年,是风华正茂的十年。我的足迹印遍了全城的每一寸土地。我曾在这里快乐过,苦恼过,追求过,幻灭过,动摇过,坚持过。这一座小城实际上决定了我一生要走的道路。这一切都不可避免地要在我的心灵上打上永不磨灭的烙印。我在下意识中把它看做第二故乡,不是非常自然的吗?

我今天重返第二故乡,心里面思绪万端,酸甜苦辣,一齐涌上心头。感情上有一种莫名其妙的重压,压得我喘不过气来,似欣慰,似惆怅,似追悔,似向往。小城几乎没有变。市政厅前广场上矗立的有名的抱鹅女郎的铜像,同三十五年前一模一样。一群鸽子仍然像从前一样在铜像周围徘徊,悠然自得。说不定什么时候一声呼哨,飞上了后面大礼拜堂的尖顶。我仿佛昨天才离开这里,今天又回来了。我们走下地下室,到地下餐厅去吃饭。里面陈设如旧,座位如旧,灯光如旧,气氛如旧。连那年轻的服务员也仿佛是当年的那一位。我仿佛昨天晚上才在这里吃过饭。广场周围的大小铺子都没有变。那几家著名的餐馆，什么"黑熊"、"少爷餐厅"等等，都还在原地。那两家书店也都还在原地。总之，我看到的一切都同原来一模一样。我真的离开这座小城已经三十五年了吗？

但是，正如中国古人所说的，江山如旧，人物全非。环境没有改变，然而人物却已经大大地改变了。我在火车上回忆到的那一些人，有的如果还活着的话年龄已经过了一百岁。这些人的生死存亡就用不着去问了。那些计算起来还没有这样老的人，我也不敢贸然去问，怕从被问者的嘴里听到我不愿意听的消息。我只绕着弯子问上那么一两句，得到的回答往往不得要领，模糊得很。这不能怪别人，因为我的问题就模糊不清。我现在非常欣赏这种模糊，模糊中包含着希望。可惜就连这种模糊也不能完全遮盖住事实。结果是：

访旧半为鬼

惊呼热中肠

我只能在内心里用无声的声音来惊呼了。

在惊呼之余，我仍然坚持怀着沉重的心情去访旧。首先我要去看一看我住过整整十年的房子。我知道，我那母亲般的女房东欧朴尔太太早已离开了人世。但是房子却还存在，那一条整洁的街道依旧整洁如新。从前我经常看到一些老太太用肥皂来洗刷人行道，现在这人行道仍然像是刚才洗刷过似的，躺下去打一个滚，决不会沾上一点尘土。街拐角处那一家食品商店仍然开着，明亮的大玻璃窗子里面陈列着五光十色的食品。主人却不知道已经换了第几代了。我走到我住过的房子外面，抬头向上看，看到三楼我那一间房子的窗户前，仍然同以前一样摆满了红红绿绿的花草，当然不是出自欧朴尔太太之手。我蓦地一阵恍惚，仿佛我昨晚才离开，今天又回家来了。我推开大门，大步流星地跑上三楼。我没有用钥匙去开门，因为我意识到，现在里面住的是另外一家人了。从前这座房子的女主人恐怕早已安息在什么墓地里了，墓上大概也栽满了玫瑰花吧。我经常梦见这所房子，梦见房子的女主人，如今却是人去楼空了。我在这里度过的十年中，有愉快，有痛苦，经历过轰炸，忍受过饥饿。男房东逝世后，我多次陪着女房东去扫墓。我这个异邦的青年成了她身边的唯一的亲人。无怪我离开时她嚎啕痛哭。我回国以后，最初若干年，还经常通信。后来时移事变，就断了联系。我曾痴心妄想，还想再见她一面。而今我确实又来到了哥廷根，然而她却再也见不到，永远永远地见不到了。

我徘徊在当年天天走过的街头，这里什么地方都有过我的足迹。家家门前的小草坪上依然绿草如茵。今年冬雪来得早了一点。十月中，就下了一场雪。白雪、碧草、红花，相映成趣。鲜艳的花朵赫然傲雪怒放，比春天和夏天似乎还要鲜艳。我在一篇短文《海棠花》里描绘的那海棠花依然威严地站在那里。我忽然回忆起当年的冬天，日暮天阴，雪光照眼，我扶着我的吐火罗文和吠陀语的老师西克教授，慢慢地走过十里长街。心里面感到凄清，但又感到温暖。回到祖国以后，每当下雪的时候，我便想到这一位像祖父一般的老人。回首前尘，已经有四十多年了。

我也没有忘记当年几乎每一个礼拜天都到的席勒草坪。它就在小山下面，是进山必由之路。当年我常同中国学生或者德国学生,在席勒草坪散步之后,就沿着弯曲的山径走上山去。曾登上俾斯麦塔,俯瞰哥廷根全城;曾在小咖啡馆里流连忘返;曾在大森林中茅亭下躲避暴雨;曾在深秋时分惊走觅食的小鹿,听它们脚踏落叶一路窸窣地逃走。甜蜜的回忆是写也写不完的,今天我又来到这里。碧草如旧,亭榭犹新。但是当年年轻的我已颓然一翁,而旧日游侣早已荡若云烟,有的离开了这个世界,有的远走高飞,到地球的另一半去了。此情此景,人非木石,能不感慨万端吗?

我在上面讲到江山如旧,人物全非。幸而还没有真正地全非。几十年来我昼思梦想最希望还能见到的人,最希望他们还能活着的人,我的"博士父亲",瓦尔德施米特教授和夫人居然还都健在。教授已经是八十三岁高龄,夫人比他寿更高,是八十六岁。一别三十五年,今天重又会面,真有相见反疑梦之感。老教授夫妇显得非常激动,我心里也如波涛翻滚,一时说不出话来。我们围坐在不太亮的电灯光下,杜甫的名句一下子涌上我的心头:

人生不相见

动如参与商

今夕复何夕

共此灯烛光

四十五年前我初到哥廷根时我们初次见面,以及以后长达十年相处的情景,历历展现在眼前。那十年是剧烈动荡的十年,中间插上了一个第二次世界大战,我们没有能过上几天好日子。最初几年,我每次到他们家去吃晚饭时,他那个十几岁的独生儿子都在座。有一次教授同儿子开玩笑:"家里有一个中国客人,你明天到学校去又可以张扬吹嘘一番了。"哪里知道,大战一爆发,儿子就被征从军,一年冬天,战死在北欧战场上。这对他们夫妇俩的打击,是无法形容的。不久,教授也被征从军。他心里怎样想,我不好问,他也不好说。看来是默默地忍受痛苦。他预订了剧院的票,到了冬天,剧院开演,他不在家,每周一次陪他夫人看戏的任务,就落到我肩上。深夜,演出结束后,我要走很长的道路,把师母送到他们山下林边的家中,然后再摸黑走回自己的住处。在很长的时间内,他们那一座漂亮的三层楼房里,只住着师母一个人。

他们的处境如此,我的处境更要糟糕。烽火连年,家书亿金。我的祖国在受难,我的全家老老小小在受难,我自己也在受难。中夜枕上,思绪翻腾,往往彻夜不眠。而且头上有飞机轰炸,肚子里没有食品充饥。做梦就梦到祖国的花生米。有一次我下乡去帮助农民摘苹果,报酬是几个苹果和五斤土豆。回家后一顿就把五斤土豆吃了个精光,还并无饱意。

大概有六七年的时间,情况就还是这个样子。我的学习、写论文、参加口试、获得学位,就是在这种情况下进行的。教授每次回家度假,都听我的汇报,看我的论文,提出他的意见。今天我会的这一点点东西,哪一点不包含着教授的心血呢?不管我今天的成就是多么微小,如果不是他怀着毫无利己的心情对我这一个素昧平生的异邦的青年加以诱掖教导的话,我能够有什么成就呢?所有这一切我能够忘记得了吗?

现在我们又会面了。会面的地方不是在我所熟悉的那一所房子里,而是在一所豪华的养老院里。别人告诉我,他已经把房子赠给哥廷根大学印度学和佛教研究所,把汽车卖掉,搬到这一所养老院里来了。院里富丽堂皇,应有尽有,健身房、游泳池,无不齐备。据说,饭食也很好。但是,说句不好听的话,到这里来的人都是七老八十的人,多半行动不便。对他们来说,健身房和游泳池实际上等于聋子的耳朵。他们不是来健身,而是来等死的。头一天晚上还在一起吃饭、聊天,第二天早晨说不定就有人见了上帝。一个人生活在这样的环境中,心情如何,概可想见。话又说了回来,教授夫妇孤苦伶仃,不到这里来,又到哪里去呢?

就是在这样一个地方, 教授又见到了自己几十年没有见面的弟子。他的心情是多么激动, 又是多么高兴, 我无法加以描绘。我一下汽车就看到在高大明亮的玻璃门里面, 教授端端正正地坐在圈椅上。他可能已经等了很久,正望眼欲穿哩。他瞪着慈祥昏花的双目,仿佛想用目光把我吞了下去。握手时,他的手有点颤抖。他的夫人更是老态龙钟,耳朵聋,头摇摆不停,同三十多年前完全判若两人了。师母还专为我烹制了当年我在她家常吃的食品。两位老人齐声说:"让我们好好地聊一聊老哥廷根的老生活吧!"他们现在大概只能用回忆来填充日常生活了。我问老教授还要不要中国关于佛教的书, 他反问我:"那些东西对我还有什么用呢?"我又问他正在写什么东西。他说:"我想整理一下以前的旧稿;我想,不久就要打住了!"从一些细小的事情上来看,老两口的意见还是有一些矛盾的。看来这相依为命的一双老人的生活是阴沉的、郁闷的。在他们前面,正如鲁迅在《过客》中所写的那样:"前面?前面,是坟。"

我心里陡然凄凉起来。老教授毕生勤奋,著作等身,名扬四海,受人尊敬,老年就这样度过吗?我今天来到这里,显然给他们带来了极大的快乐。一旦我离开这里,他们又将怎样呢?可是,我能永远在这里呆下去吗?我真有点依依难舍,尽量想多呆些时候。但是,千里搭凉棚,没有不散的筵席。我站起来,想告辞离开。老教授带着乞求的目光说:"才十点多钟,时间还早嘛!"我只好重又坐下。最后到了深夜,我狠了狠心,向他们说了声:"夜安!"站起来,告辞出门。老教授一直把我送下楼,送到汽车旁边,样子是难舍难分。此时我心潮翻滚,我明确地意识到,这是我们最后一面了。但是,为了安慰他,或者欺骗他,也为了安慰我自己,或者欺骗我自己,我脱口说了一句话:"过一两年,我再回来看你!"声音从自己嘴里传到自己耳朵,显得空荡、虚伪,然而却又真诚。这真诚感动了老教授,他脸上现出了笑容:"你可是答应了我了,过一两年再回来!"我还有什么话好说呢?我噙着眼泪,钻进了汽车,汽车开走时,回头看到老教授还站在那里,一动也不动,活像是一座塑像。

过了两天,我就离开了哥廷根。我乘上了一列开到另一个城市去的火车。坐在车上,同来时一样,我眼前又是面影迷离,错综纷杂。我这两天见到的一切人和物,一一奔凑到我的眼前来;只是比来时在火车上看到的影子清晰多了,具体多了。在这些迷离错乱的面影中,有一个特别清晰、特别具体、特别突出,它就是我在前天夜里看到的那一座塑像。愿这一座塑像永远停留在我的眼前,永远停留在我的心中。

一九八〇年十一月于德国开始
一九八七年十月在北京写完

《留德十年》节选

十八　在饥饿地狱中

同轰炸并驾齐驱的是饥饿。

我初到德国的时候,供应十足充裕,要什么有什么,根本不知饥饿为何物。但是,法西斯头子侵略成性,其实法西斯的本质就是侵略,他们早就扬言:要大炮,不要奶油。在最初,德国人桌子上还摆着奶油,肚子里填满了火腿,根本不了解这句口号的真正意义。于是,全国翕然响应,仿佛他们真不想要奶油了。大概从一九三七年开始,逐渐实行了食品配给制度。最初限量的就是奶油,以后接着是肉类,最后是面包和土豆。到了一九三九年,希特勒悍然发动第二次世界大战,德国人的腰带就一紧再紧了。这一句口号得到了完满的实现。

我虽生也不辰,在国内时还没有真正挨过饿。小时候家里穷,一年至多只能吃两三次白面,但是吃糠咽菜,肚子还是能勉强填饱的。现在到了德国,才真受了"洋罪"。这种"洋罪"是慢慢地感觉到的。我们中国人本来吃肉不多,我们所谓"主食"实际上是西方人的"副食"。黄油从前我们根本不吃。所以在德国人开始沉不住气的时候,我还优哉游哉,处之泰然。但是,到了我的"主食"面包和土豆限量供应的时候,我才感到有点不妙了。黄油失踪以后,取代它的是人造油。这玩意儿放在汤里面,还能呈现出几个油珠儿。但一用来煎东西,则在锅里嗞嗞几声,一缕轻烟,油就烟消云散了。在饭馆里吃饭时,要经过几次思想斗争,从战略观点和全局观点反复考虑之后,才请餐馆服务员(Herr Ober)"煎"掉一两肉票。倘在汤碗里能发现几滴油珠,则必大声唤起同桌者的注意,大家都乐不可支了。

最困难的问题是面包。少且不说,实质更可怕。完全不知道里面掺了什么东西。有人说是鱼粉,无从否认或证实。反正是只要放上一天,第二天便有腥臭味。而且吃了,能在肚子里制造气体。在公共场合出虚恭,俗话就是放屁,在德国被认为是极不礼貌,有失体统的。然而肚子里带着这样的面包去看电影,则在影院里实在难以保持体统。我就曾在看电影时亲耳听到虚恭之声,此伏彼起,东西应和。我不敢耻笑别人。我自己也正在同肚子里过量的气体做殊死斗争,为了保持体面,想把它镇压下去,而终于还以失败告终。

但是也不缺少令人兴奋的事:我打破了纪录,是自己吃饭的纪录。有一天,我同一位德国女士骑自行车下乡,去帮助农民摘苹果。在当时,城里人谁要是同农民有一些联系,别人会垂涎三尺的,其重要意义决不亚于今天的走后门。这一位女士同一户农民挂上了钩,我们就应邀下乡了。苹果树都不高,只要有一个短梯子,就能照顾全树了。德国苹果品种极多,是本国的主要果品。

我们摘了半天,工作结束时,农民送了我一篮子苹果,其中包括几个最优品种的;另外还有五六斤土豆。我大喜过望,跨上了自行车,有如列子御风而行,一路青山绿水看不尽,轻车已过数重山。到了家,把土豆全都煮上,蘸着积存下的白糖,一鼓作气,全吞进肚子,但仍然还没有饱意。

"挨饿"这个词儿,人们说起来,比较轻松。但这些人都是没有真正挨过饿的。我是真正经过饥饿炼狱的人,其中滋味实不足为外人道也。我非常佩服东西方的宗教家们,他们对人情世事真是了解到令人吃惊的程度,在他们的地狱里,饥饿是被列为最折磨人的项目之一。中国也是有地狱的,但却是舶来品,其来源是印度。谈到印度的地狱学,那真是博大精深,蔑以加矣。"死鬼"在梵文中叫 Preta,意思是"逝去的人"。到了中国译经和尚的笔下,就译成了"饿鬼",可见"饥饿"在他们心目中占多么重要的地位。汉译佛典中,关于地狱的描绘,比比皆是。《长阿含经》卷十九《地狱品》的描绘可能是有些代表性的。这里面说,共有八大地狱:第一大地狱名想,其中有十六小地狱:第一小地狱名曰黑沙,二名沸屎,三名五百钉,四名饥,五名渴,六名一铜釜,七名多铜釜,八名石磨,九名脓血,十名量火,十一名灰河,十二名铁丸,十三名斩斧,十四名豺狼,十五名剑树,十六名寒冰。地狱的内容,一看名称就能知道。饥饿在里面占了一个地位。这个饥饿地狱里是什么情况呢?《长阿含经》说:

> (饿鬼)到饥饿地狱。狱卒来问:"汝等来此,欲何所求?"报言:"我饿!"狱卒即捉扑热铁上,舒展其身,以铁钩钩口使开,以热铁丸著其口中,焦其唇舌,从咽至腹,通彻下过,无

不焦烂。

　　这当然是印度宗教家的幻想。西方宗教家也有地狱幻想,在但丁的《神曲》里面也有地狱。第六篇,但丁在地狱中看到一个怪物,张开血盆大口,露出长牙;但丁的引导人俯下身子,在地上抓了一把泥土,对准怪物的嘴,投了过去。怪物像狗一样猖猖狂吠,无非是想得到食物。现在嘴里有了东西,就默然无声了。西方的地狱内容实在太单薄,比起东方地狱来,大有小巫见大巫之势了。

　　为什么东西方宗教家都幻想地狱,而在地狱中又必须忍受饥饿的折磨呢? 他们大概都认为饥饿最难忍受,恶人在地狱中必须尝一尝饥饿的滋味。这个问题我且置而不论。不管怎样,我当时实在是正处在饥饿地狱中,如果有人向我嘴里投掷热铁丸或者泥土,为了抑制住难忍的饥饿,我一定会毫不迟疑地不顾一切地把它们吞下去,至于肚子烧焦不烧焦,就管不了那样多了。

　　我当时正在读俄文原文的果戈理的《钦差大臣》。在第二幕第一场里,我读到了奥西普躺在主人的床上独白的一段话:

> 现在旅馆老板说啦,前账没有付清就不开饭;可我们要是付不出钱呢? (叹口气)唉,我的天,哪怕有点菜汤喝喝也好呀。我现在恨不得要把整个世界都吞下肚子里去。

　　这写得何等好呀! 果戈理一定挨过饿,不然的话,他无论如何也写不出要把整个世界都吞下去的话来。

　　长期挨饿的结果是,人们都逐渐瘦了下来。现在有人害怕肥胖,提倡什么减肥,往往费上极大的力量,却不见效果。于是有人说:"我就是喝白水,身体还是照样胖起来的。"这话现在也许是对的,但在当时却完全不是这样。我的男房东在战争激烈时因心脏病死去。他原本是一个大胖子,到死的时候,体重已经减轻了二三十公斤,成了一个瘦子了。我自己原来不胖,没有减肥的物质基础。但是饥饿在我身上也留下了伤痕:我失掉了饱的感觉,大概有八年之久。后来到了瑞士,才慢慢恢复过来。此是后话,这里不提了。

十九 山中逸趣

置身饥饿地狱中,上面又有建造地狱时还不可能有的飞机的轰炸,我的日子比地狱中的饿鬼还要苦上十倍。

然而,打一个比喻说,在《英雄》交响乐的激昂慷慨的乐声中,也不缺少像莫扎特的小夜曲似的情景。

哥廷根的山林就是小夜曲。

哥廷根的山不是怪石嶙峋的高山,这里土多于石,但是确又有山的气势。山顶上的俾斯麦塔高踞群山之巅,在云雾升腾时,在乱云中露出的塔顶,望之也颇有蓬莱仙山之概。

最引人入胜的不是山,而是林。这一片丛林究竟有多大,我住了十年也没能弄清楚,反正走几个小时也走不到尽头。林中主要是白杨和橡树,在中国常见的柳树、榆树、槐树等似乎没有见过。更引人入胜的是林中的草地。德国冬天不冷,草几乎是全年碧绿。冬天雪很多,在白雪覆盖下,青草也没有睡觉,只要把上面的雪一扒拉,青翠欲滴的草立即显露出来。每到冬春之交时,有白色的小花,德国人管它叫"雪钟儿",破雪而出,成为报春的象征。再过不久,春天就真的来到了大地上,林中到处开满了繁花,一片锦绣世界。

到了夏天,雨季来临,哥廷根的雨非常多,从来没听说有什么旱情。本来已经碧绿的草和树木,现在被雨水一浇,更显得浓翠逼人。整个山林,连同其中的草地,都绿成一片,绿色仿佛塞满了寰中,涂满了天地,到处是绿,绿,绿,其他的颜色仿佛一下子都消逝了。雨中的山林,更别有一番风味。连绵不断的雨丝,同浓绿织在一起,形成一张神奇、迷茫的大网。我就常常孤身一人,不带什么伞,也不穿什么雨衣,在这一张覆盖天地的大网中,踽踽独行。除了周围的树木和脚底下的青草以外,仿佛什么东西都没有,我颇有佛祖释迦牟尼的感觉,"天上天下,唯我独尊"了。

一转入秋天,就到了哥廷根山林最美的季节。我曾在《忆章用》一文中描绘过哥城的秋色,受到了朋友的称赞,我索性抄在这里:

> 哥廷根的秋天是美的,美到神秘的境地,令人说不出,也根本想不到去说。有谁见过未来派的画没有?这小城东面的一片山林在秋天就是一幅未来派的画。你抬眼就看到一片耀眼的绚烂。只说黄色,就数不清有多少等级,从淡黄一直到接近棕色的深黄,参差地抹在一片秋林的梢上,里面杂了冬青树的浓绿,这里那里还点缀上一星星鲜红,给这惨淡的秋色涂上一片凄艳。

我想,看到上面这一段描绘,哥城的秋山景色就历历如在目前了。

一到冬天，山林经常为大雪所覆盖。由于温度不低，所以覆盖不会太久就融化了；又由于经常下雪，所以总是有雪覆盖着。上面的山林，一部分依然是绿的，雪下面的小草也仍旧碧绿。上下都有生命在运行着。哥廷根城的生命活力似乎从来没有停息过，即使是在冬天，情况也依然如此。等到冬天一转入春天，生命活力没有什么覆盖了，于是就彰明昭著地腾跃于天地之间了。

哥廷根的四时的情景就是这个样子。

从我来到哥城的第一天起，我就爱上了这山林。等到我堕入饥饿地狱，等到天上的飞机时时刻刻在散布死亡时，我只要一进入这山林，立刻在心中涌起一种安全感。山林确实不能把我的肚皮填饱，但是在饥饿时安全感又特别可贵。山林本身不懂什么饥饿，更用不着什么安全感。当全城人民饥肠辘辘，在英国飞机下忐忑不安的时候，山林却依旧郁郁葱葱，"依旧烟笼十里堤"。我真爱这样的山林，这里真成了我的世外桃源了。

我不知道有多少次，一个人到山林里来；也不知道有多少次，同中国留学生或德国朋友一起到山林里来。在我记忆中最难忘记的一次畅游，是同张维和陆士嘉在一起的。这一天，我们的兴致都特别高。我们边走，边谈，边玩，真正是忘路之远近。我们走呀，走呀，已经走到了我们往常走到的最远的界线；但在不知不觉之间就走越了过去，仍然一往直前。越走林越深，根本不见任何游人。路上的青苔越来越厚，是人迹少到的地方。周围一片寂静，只有我们的谈笑声在林中回荡，悠扬、遥远。远处在林深处听到柏叶上有窸窣的声音，抬眼一看，是几只受了惊的梅花鹿，瞪大了两只眼睛，看了我们一会儿，立即一溜烟似的逃到林子的更深处去了。我们最后走到了一个悬崖上,下临深谷,深谷的那一边仍然是无边无际的树林。我们无法走下去,也不想走下去,这里就是我们的天涯海角了。回头走的路上,遇到了雨。躲在大树下,避了一会儿雨。然而雨越下越大,我们只好再往前跑。出我们意料,竟然找到了一座木头凉亭,真是避雨的好地方。里面已经先坐着一个德国人。打了一声招呼,我们也就坐下,同是深林躲雨人,相逢何必曾相识。我们没有通名报姓,就上天下地胡谈一通,宛如故友相逢了。

这一次畅游始终留在我的记忆里,至今难忘。山中逸趣,当然不止这一桩。大大小小、琐琐碎碎的事情,还可以写出一大堆来。我现在一律免掉。我写这些东西的目的,是想说明,就是在那种极其困难的环境中,人生乐趣仍然是有的。在任何情况下,人生也决不会只有痛苦,这就是我悟出的禅机。

二十　烽火连八岁　家书抵亿金

逸趣虽然有,但环境日益险恶,也是不可否认的事实。

随着形势的日益险恶,我的怀乡之情也日益腾涌。这比刚到哥廷根时的怀念母亲之情,其剧烈的程度不可同日而语了。

这种怀乡之情并不是由于受了德国方面的什么刺激而产生的。正相反,看了德国人的沉着冷静的神态,使我颇感到安慰。他们该干什么,就干什么,看不出什么紧张。比如说,就拿轰炸来说吧。我原以为,轰炸到了铺地毯的程度,已经是蔑以复加矣。然而不然。原来还有更高的层次。最初,敌机飞临德国上空时,总要拉响警笛的。警笛也有不同的层次，以敌机距离本城的远近来划分。敌机一飞走，警报立即解除。我们都绝对要听从警笛的指挥，不敢稍有违反。在这里也表现出德国人遵守纪律、热爱秩序的特点。但是，到了后来，东线战争毫无进展，德国从四面受到包围。防空能力一度吹嘘得像神话一般，现在则完全垮了台。敌机随时可以飞临上空，也不论白天和夜晚，愿意投弹则投弹；不愿意投弹，则以机关枪向地面扫射。警笛无法拉响，警报无法发出。因为一天二十四小时，时时刻刻都在警报中，警笛已经是英雄无用武之地了。到了此时，我们出门，先抬头看一看天空，天上有飞机，则在街道旁边的房檐下躲一躲。飞机一过，立即出来，该干什么干什么。常常听到人说，什么地方的村庄和牛被敌机上的机关枪扫射了，子弹比平常的枪弹要大得多。听到这些消息，再加上空中的机声，然而人们丝毫也不紧张，而有点处之泰然了。

再拿食品来说吧。日益短缺，这自在意料之中，不足为怪。奇怪的倒是德国人，他们也是处之泰然的，不但没有怪话，而且有时还颇有些幽默感。我曾在一张报纸上看到一幅漫画，画的是一家在吃饭。舅舅用叉子叉着一块兔子肉，嘴里连声称赞："真好吃呀！"而坐在对面的小外甥，则低头垂泪。这兔子显然是小孩豢养大的。从城里来的舅舅只知道肉好吃，全然不理解小孩的心情。德国人给人的印象是严肃、认真、淳朴，他们的彻底性是有口皆碑的。他们似乎不像英国人那样欣赏幽默。然而在食品缺乏到可怕的程度的时候，他们居然并不缺少幽默。我提到的这一幅漫画不是一个绝好的证明吗？

德国人这种对待轰炸和饥饿的超然泰然的态度，当然会感染我。但是我身处异域，离开自己的祖国和亲人有千山万水之遥。比起德国人来，祖国和亲人就在眼前，当然感受完全不同。我是一个"老外"，是在异域受"洋罪"。自己的一些牢骚、一些想法，平常日子无法宣泄，自然而然地就在梦中表现出来。我不是庄子所谓的"至人无梦"的"至人"，我的梦非常多。我的一些希望在梦中肆无忌惮地得到了满足。我梦得最多的是祖国的食品。我这个人素无大志，在食品方面亦然。我从来没有梦到过什么燕窝、鱼翅、猴头、熊掌，这些东西本来就与我缘分不大。我做梦梦到最多的是吃炒花生米和锅饼(北京人叫"锅盔")。这都是小时候常吃而直到今天耄耋之年仍然经常吃的东西。每天平旦醒来，想到梦中吃的东西，怀乡之情如大海怒涛，奔腾汹涌，无论如何也抑制不住。

此时，大学的情况，也真让人触目伤心。大战爆发以后，有几年的时间，男生几乎都被征从军，只剩下了女生，奔走于全城各研究所之间，哥廷根大学变成一个女子大学。尢论走进哪一间教室或实验室，都是粉白黛绿，群雌粥粥，仿佛进了女儿国一般。等到战争越过了最高峰逐渐走向结束的时候，从东部俄国前线上送回来了大量的德国伤兵，一部分就来到了哥廷根。这时候，在大街上奔走于全城各研究所之间的，除了女生以外，就是缺胳膊断腿的挂着双拐或单拐，甚至乘坐轮椅的伤残大学生。在上课的大楼中，在洁净明亮的走廊上，拐杖触地的清脆声，处处可闻。这种声音回荡在粉白黛绿之间，让人听了，不知应当作何感想。德国的大音乐家还没有哪一个谱过拐声交响乐。我这个外乡人听了，真是欲哭无泪。

同德国伤兵差不多同时拥进哥廷根城的是苏联、波兰、法国等国的俘虏，人数也是很多的。既然是俘虏，最初当然有德国人看管。后来大概是由于俘虏太多，而派来看管的德国男人则又太少了，我看到好多俘虏自由自在地在大街上闲逛。我也曾在郊外农田里碰到过苏联俘虏，没有看管人员，他们就带了锅，在农田挖掘收割剩下的土豆，挖出来，就地解决，找一些树枝，在锅里一煮，就狼吞虎咽地吃开了。他们显然是饿得够呛的。俘虏中是有等级的，苏联和法国俘虏级别似乎高一点，而波兰的战俘和平民，在法西斯眼中是亡国之民，受到严重的侮辱性的歧视，每个人衣襟上必须缝上一个写着 P 字的布条，有如印度的不可接触者，让人一看就能够分别。法显《佛国记》中说是"击木以自异"，在现代德国是"挂条以自异"。有一天，我忽然在一个我每天必须走过的菜园子里，看到一个襟缝 P 字的波兰少女在那里干活，圆圆的面孔，大大的眼睛，非常像八九年前我在波兰火车上碰到的Wala。难道真会是她吗？我不敢贸然搭话。从此我每天必然看到她在菜地里忙活。"同是天涯沦落人"，我首先想到的就是这一句话。我心里痛苦万端，又是欲哭无泪。经过长期酝酿，我写成了那一篇《Wala》，表达了我的沉痛心情。

我当时的心情就是这个样子。

此时，我同家里早已断了书信。祖国抗日战争的情况也几乎完全不清楚。偶尔从德国方面听到一点消息，由于日本是德国盟国，也全部是谎言。杜甫的诗说："烽火连三月，家书抵万金"；我想把它改为"烽火连八岁，家书抵亿金"，这样才真能符合我的情况。日日夜夜，不知道有多少事情揪住了我的心。祖国是什么样子了？家里又怎样了？叔父年事已高，家里的经济来源何在？婶母操持这样一个家，也真够她受的。德华带着两个孩子，日子不知是怎样过的？"可怜小儿女，未解忆长安。"我想，他们是能够忆长安的。他们大概知道,自己有一个爸爸在很远很远的地方。家里还有一条名叫"憨子"的小狗,在国内时,我每次从北平回家,一进门就听到汪汪的吠声;但一看到是我,立即摇起了尾巴,憨态可掬。这一切都是我时刻想念的。连院子里那两棵海棠树也时来入梦。这些东西都使我难以摆脱。真正是抑制不住的离愁别恨,数不尽的不眠之夜!

我特别经常想到母亲。初到哥廷根时思念母亲的情景,上面已经谈过了。当我同祖国和家庭完全断掉联系的时候,我的思母之情日益剧烈。母亲入梦,司空见惯。但可恨的是,即使在梦中看到母亲的面影,也总是模模糊糊的。原因很简单,我的家乡是穷乡僻壤,母亲一生没照过一张相片。我脑海里那一点母亲的影子,是我在十几岁离开她时用眼睛摄取的,是极其不可靠的。可怜我这个失母的孤儿,连在梦中也难以见到母亲的真面目,老天爷不是对我太残酷了吗?

一九三五年至一九四五年

塔什干的一个男孩子

塔什干毕竟是一个好地方。按时令来说,当我们到了这里的时候,已经是秋天,淡红淡黄斑驳陆离的色彩早已涂满了祖国北方的山林;然而这里还到处盛开着玫瑰花,而且还不是一般的玫瑰花——有的枝干高得像小树,花朵大得像芍药、牡丹。

我就在这样的玫瑰花丛旁边认识了一个男孩子。

我们从城外的别墅来到市内,最初并没有注意到这一个小男孩。在一个很大的广场里,一边是纳瓦依大剧院,一边是为了招待参加亚非作家会议各国代表而新建的富有民族风味的塔什干旅馆,热情的塔什干人民在这里聚集成堆,男女老少都有。在这样一堆堆的人群里,一个普普通通的小孩子怎么能引起我们的注意呢?

但是,正当我们站在汽车旁边东张西望的时候,忽然听到细声细气的儿童的声音,说的是一句英语:"您会说英国话吗?"我低头一看,才看到一个十二三岁的小男孩。他穿了一件又灰又黄、带着条纹的上衣,头发金黄色,脸上稀稀落落有几点雀斑,两只蓝色的大眼睛一闪忽一闪忽的。

这个小孩子实在很可爱,看样子很天真,但又似乎懂得很多的东西。虽然是个男孩,却又有点像女孩,羞羞答答,欲进又退,欲说又止。

我就跟他闲谈起来。他只能说极简单的几句英国话,但是也能把自己的意思表达出来。他告诉我,他的英文是在当地的小学里学的,才学了不久。他有一个通信的中国小朋友,是在广州。他的中国小朋友曾寄给他一个什么纪念章,现在就挂在他的内衣上。说着他就把上衣掀了一下。我看到他内衣上的确别着一个圆圆的东西。但是,还没有等我看仔细,他已经把上衣放下来了。仿佛那一个圆圆的东西是一个无价之宝,多看上两眼,就能看掉一块似的。我可以很清楚地看到,这一个看来极其平常的中国徽章在他的心灵里占着多么重要的地位;也可以看到,中国和他的那一个中国小朋友,在他的心灵里占着多么重要的地位。

我同这一个塔什干的男孩子第一次见面,从头到尾,总共不到五分钟。

跟着来的是极其紧张的日子。

在白天,上午和下午都在纳瓦依大剧院里开会。代表们用各种不同的语言发言,愤怒控诉殖民主义的罪恶。我的感情也随着他们的感情而激动,而昂扬。

一天下午,我们正走出塔什干旅馆,准备到对面的纳瓦依大剧院去开会。同往常一样,热情好客的塔什干人民,又拥挤在这一个大广场里,手里拿着笔记本,或者只是几张白纸,请各国代表签名。他们排成两列纵队,从塔什干旅馆起,几乎一直接到纳瓦依大剧院,说说笑笑,像过年过节一样,整个广场成了一个欢乐的海洋。

我陷入夹道的人堆里,加快脚步,想赶快冲出重围。

但是,冷不防,有什么人从人丛里冲了出来,一下子就把我抱住了。我吃了一惊,定神一看,眼前站着的就是那一个我几乎已经完全忘记了的小男孩。

也许上次几分钟的见面就足以使得他把我看做熟人。总之,他那种胆怯羞涩的神情现在完全没有了。他拉住我的两只手,满脸都是笑容,仿佛遇到了一个多年未见、十分想念的朋友和亲人。

我对这一次的不期而遇也十分高兴。我在心里责备自己:"这样一个小孩子我怎么竟会忘掉了呢?"但是,还有人等着我一块走,我没有法子跟他多说话,在又惊又喜的情况下,一时也想不起说什么话好。他告诉我:"后天,塔什干的红领巾要到大会上去献花,我也参加。"我就对他说:"那好极了。我们在那里见面吧!"

我倒是真想在那一天看到他的。第二次的见面,时间比第一次还要短,大概只有两三分钟。但是我却真正爱上了这一个热爱中国、热爱中国人民的小孩子。我心里想:第一次见面是不期而遇,我没有能够带给他什么东西当做纪念品。第二次见面又是不期而遇,我又没有能够带给他什么东西当做纪念品。我心里十分不安,仿佛缺少了什么东西,有点惭愧的感觉。

跟着来的仍然是极其紧张的日子。

大会开到了高潮,事情就更多了。但是,我同那个小孩子这一次见面以后,我的心情同第一次见面后完全不同了。不管我是多么忙,也不管我在什么地方,我的思想里总常常有这个小孩子的影子。它几乎霸占住我整个的心。我把所有的希望都寄托在他要到大会上去献花的那一天上。

那一天终于来到了。气氛本来就非常热烈的大会会场,现在更热烈了。成千成百的男女红领巾分三路拥进会场的时候,全场响起了雷鸣般的掌声。一队红领巾走上主席台给主席团献花。这一队红领巾里面,男孩女孩都有。最小的也不过五六岁,还没有主席台上的桌子高;但也站在那里,很庄严地朗诵诗歌;头上缠着的红绿绸子的蝴蝶结在轻轻地摆动着。主席台上坐着来自三四十个国家的代表团的团长,他们的语言不同,皮肤颜色不同,宗教信仰不同,社会制度不同;但是现在都一齐站起来,同小孩子握手拥抱,有的把小孩子高高地举起来,或者紧紧地抱在怀里。对全世界来说,这是一个极有意义的象征,它象征着全世界爱好和平的人们的大团结。我注意到有许多代表感动得眼里含着泪花。

我也非常感动。但是我心里还记挂着一件事情:我要发现那一个塔什干的男孩。我特意带来了一张丝织的毛主席像,想送给他,好让他大大地高兴一次。我到处找他,挨个看过去,看了一遍又一遍。这些男孩的衣服都一样;女孩子穿着短裙子,男女小孩还可以分辨出来;但是,如果想在男小孩中间分辨出哪个是哪个,那就十分困难了。我看来看去,眼睛都看花了。我眼前仿佛成了一片红领巾和红绿蝴蝶结的海洋,我只觉得五彩缤纷,绚丽夺目。可是要想在这一片海洋里捞什么东西,却毫无希望了。一直等到这一大群孩子排着队退出会场,那一张有着金黄色的头发、上面长着两只圆而大的眼睛和稀稀落落的雀斑的脸,却无论如何也没有找到。

　　我真是从内心深处感到失望,但是我却是一点办法都没有。只怪我自己疏忽大意,既没有打听那一个男孩的名字,也没有打听他的住处、他的学校和班级。当我们第二次见面,他告诉我要来献花的时候,我丝毫也没有想到,我们竟会见不到面。现在想打听,也无从打听起了。

　　会议眼看就要结束了。一结束,我们就要离开这里。我一想到这一点,心里就焦急不堪。但是我也并没有完全放弃了希望。每一次走过广场的时候,我都特别注意向四下里看,我暗暗地想:也许会像我们第二次见面那样,那个男孩子会蓦地从人丛中跳出来,两只手抱住我的腰。

　　但是结果却仍然是失望。

　　会议终于结束了。第二天我们就要暂时离开这里,到哈萨克加盟共和国的首都阿拉木图去做五天的访问。在这一天的黄昏,我特意到广场上去散步,目的就是寻找那一个男孩子。

　　我走到一个书亭附近去,看到台子上摆满了书。亚非各国作家作品的俄文和乌兹别克文译本特别多,特别引人注目。有许多人挤在那里买书。我在那里站了一会,想在拥挤的人堆里发现那个男孩子。

　　我走到大喷水池旁。这是一个大而圆的池子,中间竖着一排喷水的石柱。这时候,所有的喷水管都一齐开放,水像发怒似的往外喷,一直喷到两三丈高,然后再落下来,落到墨绿的水池子里去。喷水柱里面装着红绿电灯,灯光从白练似的水流里面透了出来,红红绿绿,变幻不定,活像天空里的彩虹。水花溅在黑色的水面上,翻涌起一颗颗的珍珠。

　　我喜欢这一个喷水池,我在这里站了很久。但是我却无心欣赏这些红红绿绿的彩虹和一颗颗的白色珍珠，我是希望能够在这里找到那一个小孩子的。

我走到广场两旁的玫瑰花丛里去，这也是我特别喜欢的地方。这里的玫瑰花又高又大又多，简直数不清有多少棵。人走进去，就仿佛走进了一片矮小的树林子。在黄昏的微光中，碗口大的花朵颜色有点暗淡了，分不清哪一朵是黄的，哪一朵是红的，哪一朵又是红里透紫的。但是，芬芳的香气却比在白天阳光普照下的还要浓烈。我绕着玫瑰花丛走了几周，不管玫瑰花的香气是多么浓烈，我却仍然是醉翁之意不在酒，我是来寻找那一个男孩子的。

我当时就想到，我这种做法实在很可笑，哪里就会那样凑巧呢？但是我又不愿意承认我这种举动毫无意义。天底下凑巧的事情不是很多很多的吗？我为什么就一定遇不到这样的事情呢？我决不放弃这万一的希望。

但是，结果并不像想象的那样，我到处找来找去，终于怀着一颗失望的心走回旅馆去。

第二天，天还没有明，我们就乘飞机到阿拉木图去了。在这个美丽的山城里访问了五天之后，又在一天的下午飞回塔什干来。

我们这一次回来，只能算是过路，第二天天一亮，我们就要离开这里了。这一次离开同上一次不一样，这是真正的离开。

这一次我心里真正有点急了。

吃过晚饭，我又走到广场上去。我走近书亭，上面写着人名书名的木牌还立在那里。我走过喷水池，白练似的流水照旧泛出了红红绿绿的光彩。我走过玫瑰花丛，玫瑰在寂寞地散放着浓烈的香气。我到处徘徊流连，我是怀着满腔依依难舍的心情，到这里来同塔什干和塔什干人民告别的。

实在出我意料，当我走回旅馆的时候，我从远处看到旅馆门口有几个小男孩挤在那里，向里面探头探脑。我刚走上台阶，一个小孩子一转身，突然扑到我的身边来：这正是我已经寻找了许久而没有找到的那一个男孩。这一次的见面带给他的喜悦，不但远非第一次见面时的喜悦可比，也决非第二次见面时他的喜悦可比。他紧紧地抓住我的双手，双脚都在跳；松了我的手，又抱住我的腰，脸上兴奋得一片红，连气都喘不上来了。

他断断续续地告诉我，他是来找我的，过去五天，他天天都来。

"你怎么知道我还在这里呢？"

"我猜您还在这里。"

"别的代表都已经走了，你这猜想未免太大胆了。"

"一点也不大胆，我现在不是找到您了吗？"

我大笑起来，不得不承认他是对的。

这是一次在濒于绝望中的意外的会见。中国旧小说里有两句话："踏破铁鞋无觅处，得来全不费功夫"，并不能写出我当时的全部心情。"蓦然回首，那人却在灯火阑珊处"，也只能描绘出我的心情的一小部分。我从来不相信世界上会有什么奇迹；现在我却感觉到，世界上毕竟是有奇迹的，虽然我对这一个名词的理解同许多人都不一样。

我当时十分兴奋，甚至有点慌张。我说了声："你在这里等我，不要走！"就跑进旅馆，连电梯也来不及上，飞快地爬上五层楼，把我早已经准备好了的礼物拿下来，又跑到餐厅里找中国同志要毛主席纪念章，然后匆匆忙忙地跑出去。我送给那一个男孩子一张织着天安门的杭州织锦和一枚毛主席的纪念像章，我亲手给他别在衣襟上。同他在一块的三四个男孩子，我也在每个人的衣襟上别了一枚毛主席的纪念像章。这一些孩子简直像一群小老虎，一下子扑到我身上来，搂住我的脖子，在我脸上使劲地亲吻。在惊惶失措中，我清清楚楚地听到清脆的吻声。

我现在再不能放过机会了，我要问一下他的姓名和住址。他就在我的笔记本上写了：谢尼亚·黎维斯坦。我们认识了也好多天了。在这临别的一刹那，我才知道了他的名字。我叫了他一声："谢尼亚！"心里有说不出的感觉。只写了姓名和地址，他似乎还不满意，他又在后面加上了几句话：

　　我永远也不会忘记您，亲爱的季羡林！希望你以后再回到塔什干来。再见吧，从遥远的中国来的朋友！

　　　　　　　　　　　　　　　　　　　　谢尼亚

有人在里面喊我，我不得不同谢尼亚和他的小朋友们告别了。

因为过于兴奋，过于高兴，我在塔什干最后的一夜又是一个失眠之夜。我翻来覆去地想到这一次奇迹似的会见。这一次会见虽然时间仍然不长，但是却很有意义。在我这方面，我得到机会问清楚这个小孩子的姓名和地址，以便以后联系；不然的话，他就像是一滴雨水落在大海里，永远不会再找到了。在小孩子方面，他找到了我，在他那充满了对中国的热爱的小小的心灵里，也不会永远感到缺了什么东西。这十几分钟会见的意义是无法用言语表达的。

想来想去，无论如何再也睡不着。我站起来，拉开窗幔：对面纳瓦依大剧院的霓虹灯还在闪闪发光。广场上只有稀稀落落的几个人影。那一丛丛的玫瑰花的确是看不清楚了;但是,根据方向,我依然能够知道它们在什么地方;我也知道,在黑暗中,它们仍然在散发着芬芳浓烈的香气。

一九六一年七月五日

琼楼玉宇,高处不胜寒

阿格拉是有名的地方,有名就有在泰姬陵。世界舆论说,泰姬陵是不朽的, 它是世界上多少多少奇迹之一。而印度朋友则说:"谁要是来到印度而不去看泰姬陵,那么就等于没有来。"

我前两次访问印度,都到泰姬陵来过,而且两次都在这里过了夜。我曾在朦胧的月色中来探望过泰姬陵。整个陵寝在月光下幻成了一个白色的奇迹。我也曾在朝暾的微光中来探望过泰姬陵,白色大理石的墙壁上成千上万块的红绿宝石闪出万点金光,幻成了一个五光十色的奇迹。总之,我两次都是名副其实地来到了印度。这一次我也决心再来;否则,我的三访印度,在印度朋友心目中就成了两访印度了。

同前两次一样,这一次也是乘汽车来的。车子下午从德里出发,一直到黄昏时分,才到了阿格拉。泰姬陵的白色的圆顶已经混入暮色苍茫之中。我们也就在苍茫的暮色中找到了我们的旅馆。从外面看上去,这旅馆砖墙剥落,宛如年久失修的莫卧儿王朝的废宫。但是里面却是灯光明亮,金碧辉煌,完全是另一番景象。房间都用与莫卧儿王朝有关的一些名字标出,使人一进去,就仿佛到了莫卧儿王朝,使人一睡下,就能够做起莫卧儿的梦来。

我真的做了一夜莫卧儿的梦。第二天一大早,我们就赶到泰姬陵门外。门还没有开。院子里,大树下,弥漫着一团雾气,掺杂着淡淡的花香。夜里下过雨,现在还没有晴开。我心里稍有懊恼之意:泰姬陵的真面目这一次恐怕看不到了。

但是,突然间,雨过天晴云破处,流出来了一缕金色的阳光,照在泰姬陵的圆顶上,只照亮一小块,其余的地方都暗淡无光,独有这一小块却亮得耀眼。我们的眼睛立刻明亮起来:难道这不就是泰姬陵的真面目吗?

我们走了进去,从映着泰姬陵倒影的小水池旁走向泰姬陵,登上了一层楼高的平台,绕着泰姬陵走了一周,到处瞭望了一番。平台的四个角上,各有一座高塔,尖尖地刺入灰暗的天空。四个尖尖的东西,衬托着中间泰姬陵的圆顶那个圆圆的东西,两相对比,给人一种奇特的美。我想不出一个适当的名词来表达这种美,就叫它几何的美吧。后面下临阎牟那河。河里水流平缓,有一个不知什么东西漂在水里面,一群秃鹫和乌鸦趴在上面啄食碎肉。秃鹫们吃饱了就飞上栏杆,成排地蹲在那里休息,傲然四顾,旁若无人。

我们就带着这些斑驳陆离的印象,回头来看泰姬陵本身。我怎样来描述这个白色的奇迹呢?我脑筋里所储存的一切词汇都毫无用处。我从小念的所有的描绘雄伟的陵墓的诗文,也都毫无用处。"碧瓦初寒外,金茎一气旁。山河扶绣户,日月近雕梁。"多么雄伟的诗句呀!然而,到了这里却丝毫也用不上。这里既无绣户,也无雕梁。这陵墓是用一块块白色大理石堆砌起来的。但是,无论从远处看,还是从近处看,却丝毫也看不出堆砌的痕迹,它浑然一体,好像是一块完整的大理石。多少年来,我看过无数的泰姬陵的照片和绘画;但是却没有看到有任何一幅真正照出、画出泰姬陵的气势来的。只有你到了泰姬陵跟前,站在白色大理石铺的地上,眼里看到的是纯白的大理石,脚下踩的是纯白的大理石;陵墓是纯白的大理石,栏杆是纯白的大理石,四个高塔也是纯白的大理石。你被裹在一片纯白的光辉中,翘首仰望,纯白的大理石墙壁有几十米高,仿佛上达苍穹。在这时候,你会有什么样的感觉,我不知道。反正我自己仿佛给这个白色的奇迹压住了,给这纯白的光辉网牢了,我想到了苏东坡的词:"琼楼玉宇,高处不胜寒。"我自己仿佛已经离开了人间,置身于琼楼玉宇之中。有人主张,世界上只有阴柔之美与阳刚之美。把二者融合起来成为浑然一体的那种美,只应天上有。我眼前看到的就是这种天上的美。我完全沉浸在这种美的享受中,忘记了时间的推移。等到我从这琼楼玉宇中回转来时,已经是我们应该离开的时候了。

从泰姬陵到红堡是一条必由之路,我们也不例外。到了红堡,限于时间我们只匆匆地走了一转。莫卧儿王朝的这一座故宫,完全是用红砂岩筑成的。如果说泰姬陵是白色的奇迹的话,那么这里就是红色的奇迹。但是,我到了这里,最关心的却是一块小小的水晶。据说,下令修建泰姬陵的沙扎汗,晚年被儿子囚了起来。他本来还准备在阎牟那河这一边同河对岸泰姬陵遥遥相对的地方,修建一座完全用黑色大理石砌成的陵墓,如果建成的话,那将是一个不折不扣的黑色的奇迹。然而在这黑色的奇迹出现以前,他就失去了自由,成为自己儿子的阶下囚。他天天坐在红堡的一个走廊上,背对着泰姬陵,凝神潜思,忍忧含悲,目不转睛地注视着镶嵌在一个柱子上的那一块水晶,里面反映出整个泰姬陵的影像。月月如此,天天如此,这位孤独的老皇帝就这样度过了他的残生。

这个故事很有些浪漫气息。几百年来,也打动了千千万万好心人的心弦,令人滴下了无数的同情之泪。但是,我却是无泪可滴。我上一次来的时候,印度朋友曾告诉过我,就在这走廊下面那一片空地上,莫卧儿皇帝把囚犯弄了来,然后放出老虎,让老虎把人活活地吃掉。他们坐在走廊上怡然欣赏这一幕奇景。这样的人,即使被儿子囚了起来,我难道还能为他流下什么同情之泪吗?这样的人,即使对死去的爱姬有那么一点情意,这种情意还值得几文钱呢?我正在胡思乱想的时候,红堡城墙下长着肥大的绿叶子的树丛中,虎皮鹦鹉又吱吱喳喳叫了起来。这种鸟在中国是会被当做珍禽装在精致的笼子里来养育的。但是在阿格拉,却多得像麻雀。有那么一个皇帝,再加上这些吱吱喳喳的虎皮鹦鹉,我的游兴已经索然了。那些充满了浪漫气氛的故事对于我已经毫无吸引力了。

我走下了天堂,回到了现实。人间和现实是充满了矛盾的,但是它们又确实是美的。就是在阿格拉也并非例外。二十七年前,当我第一次到阿格拉来的时候,我在旅馆中遇到的一件小事,却使我忆念难忘。现在,当我离开了泰姬陵走下天堂的时候,我不由得又回忆起来。

我们在旅馆里看一个贫苦的印度艺人让小黄鸟表演识字的本领。又看另一个艺人让眼镜蛇与獴决斗。两个小动物都拼上命互相搏斗,大战了几十回合,还不分胜负。正在看得入神的时候,我瞥见一个印度青年在外面探头探脑。他的衣着不像一个学生，而像一个学徒工。我没有多加注意，仍然继续观战。又过了不知多少时候，我又一抬头，看到那个青年仍然站在那里，我立刻走出去。那个青年猛跑了几步，紧紧地抓住了我的手，我感觉到他的手有点颤抖。他递给我一个极小的小盒，透过玻璃罩可以看到，里面铺的棉花上有一粒大米。我真有点吃惊了。这一粒大米有什么意义呢？青年打开小盒，把大米送到我眼底下，大米上写着"印中友谊万岁"几个字，只能用放大镜才能看得清楚。他告诉我，他是一个学徒工，最热爱新中国，但却从来没有机会接触一个中国人。听说我们来了，他便带了大米来看我们。从早晨等到现在，中午早已过了。但是几次被人撵走。现在终于见到中国朋友了，他是多么兴奋啊！我接过了小盒，深深地被这个淳朴的青年感动了。我握住了他的手，心里面思绪万千，半天没有说出话来。我一直目送这个青年的背影消失在大街上熙熙攘攘的人群中，才转回身来。

泰姬陵是美的，是不朽的。然而，人们心里的真挚感情不是比泰姬陵更美，更不朽吗？上面说的这件小事，到现在，已经过了二十七年，在人的一生中，二十七年是一段漫长的时间，可是，不管我什么时候想起这件小事，那个学徒工的影像就栩栩如生地浮现在我的眼前。现在他大概都有四五十岁了吧。中间沧海桑田，世间多变。但是我却不相信，他会忘掉我，会忘掉中国，正如我不会忘掉他一样。据我看，这才是真正的美，真正的不朽，是美的、不朽的泰姬陵无法比拟的美，无法比拟的不朽。

一九七八年

回到历史中去

一提到科钦,我就浮想联翩,回到悠久的中印两国友谊的历史中去。

中印两国友谊的历史,在印度,我们到处都听人谈到。人们都津津有味地谈到这一篇历史,好像觉得这是一种光荣,一种骄傲。

但是,有什么具体的事例证明这长达两千多年的友谊的历史吗?当然有的。比如唐代的中国和尚玄奘就是一个。无论在哪个集会上,几乎每一位致欢迎词的印度朋友都要提到他的名字,有时候同法显和义净一起提。听说,他的事迹已经写进了印度的小学教科书。在千千万万印度儿童的幼稚的心灵中,也有他这个中国古代高僧的影像。

但是,还有没有活的见证证明我们友谊的历史呢?也当然有的,这就是科钦。而这也就是我同另外一位中国同志冒着酷暑到南印度喀拉拉邦的这个滨海城市去访问的缘由。

我原来只想到这个水城本身才是见证。然而,一下飞机,我就知道自己错了。机场门外,红旗如林,迎风招展。大概有上千的人站在那里欢迎我们这两个素昧平生的中国人。"印中友谊万岁"的口号声,此伏彼起,宛如科钦港口外大海中奔腾汹涌的波涛。一双双洋溢着火热的感情的眼睛瞅着我们,一只只温暖的手伸向我们,一个个照相机、录音机对准我们,一串串五色缤纷的花环套向我们。科钦市长穿着大礼服站在欢迎群众的前面,同我们热烈握手,把两束极大的紫红色的流溢着浓烈香味的玫瑰花递到我们手中。

难道还能有比这更好的更适当的中国印度的两国友谊的活的见证吗?

但这才刚刚是开始。

我们在飞行了一千多公里以后,只到旅馆里把行李稍一安排,立刻就被领到一个滨海的广场上,去参加科钦市的群众欢迎大会。这是多么动人的场面啊!还没有走到入口处,我们就已经听到人声鼎沸,鞭炮齐鸣,大人小孩,乐成一团。最使我们吃惊的是,我们在离开祖国千山万水遥远的异国,居然看到了只有节日才能看到的焰火。随着一声声巨响,焰火飞向夜空,幻化出奇花异草,万紫千红。科钦地处热带,一年四季都是夏天。在大地上看到万紫千红的奇花异草,那就是"司空见惯浑无事"。然而现在那长满了奇花异草的锦绣大地却蓦地飞上天去,谁会不感到吃惊而且狂喜呢?

就在这吃惊而且狂喜的气氛中,我们登上了大会的主席台。市长穿着大礼服坐在中间,大学校长和从邦首府特里凡得琅赶来参加大会的部长坐在他的身旁。我们当然是坐在贵宾的位子上。大会开始了。只见万头攒动,掌声四起,估计至少也有一万人。八名幼女,穿着色彩鲜艳的衣服,手里拿着一些什么东西,迈着细碎而有节奏的步子,在主席台前缓慢地走了过去,像是一朵朵能走路的鲜花。后面紧跟着八名少女,也穿着色彩鲜艳的衣服,手里拿着烛台和灯,迈着细碎而有节奏的步子,在主席台前缓慢地走了过去,也像是一朵朵能走路的鲜花。我眼花缭乱,恍惚看到一团团大花朵跟着一团团小花朵在那里游动,耳朵里却是"时闻杂佩声珊珊"。最后跟着来的是一头大象,一个手撑遮阳伞的汉子踞坐在它的背上。大象浑身上下披挂着彩饰,黄的是金,白的是银,累累垂垂的是珊瑚珍珠,错彩镂金,辉耀夺目,五色相映,光怪陆离。它简直让人看不出是一头大象,只像是一个神奇的庞然大物,只像是一座七宝楼台,只像是一座钦崟的山岳,在主席台前巍然地走了过去。在印度神话中,我们有时遇到天帝释出游的场面,难道那场面就是这个样子吗?在梵文史诗和其他著作中,我们常常读到描绘宫廷的篇章,难道那宫廷就是这样富丽堂皇吗?印度的大自然红绿交错,花团锦簇,难道这大象就是大自然的化身吗?我脑海里幻想云涌,联想蜂聚,一时排遣不开。但眼睛还要注视着眼前的一切情景,我真有点如入山阴道上应接不暇了。

但是,花环又献了上来。究竟有多少人多少单位送了花环,我看谁也说不清楚。我们都不懂马拉雅兰语。主席用马拉雅兰话朗读着献花单位的名称。于是,干部模样的、农民模样的、学生模样的、教员模样的,男的、女的、老的、少的,一个接一个地走到我们的桌前,往我们脖子上套花环。川流不息,至少有七八十人,或者更多一些。而花环的制作,也都匠心独运。有的长,有的短,有的粗大厚实,有的小巧玲珑;都是用各式各样的鲜花编成:白色的茉莉花和晚香玉,红色的石竹,黄色的月季,紫红色的玫瑰,还有许多不知名的花朵,都是用金线银线穿成了串,编成了团,扎成了球。我简直无法想象,印度朋友在编扎这些花环时用了多少心血,花环里面编织着多少印度人民的深情厚谊。花环套上脖子时,有时浓香扑鼻,有时感到愉快的沉重。在我心里却是思潮翻滚,感动得说不出话来。然而花环却仍然是套呀,套呀,直套到快遮住了我的眼睛,然后轻轻地拿下来,放在桌子上。又有新的花环套呀,套呀。我成了一个花人,一个花堆,一座花山,一片花海。一位印度朋友笑着对我说:"今天晚上套到你们脖子上的花至少有一吨重。"我恨不得像印度神话中的大梵天那样长出四个脑袋,那样就能有四个脖子来承担这些花环,有八只手来接受这些花环。最好是能像《罗摩衍那》中的罗刹王罗波那那样长出十个脑袋,那样脖子就增加到十个,手增加到二十只。这一吨重的花环承担起来也就比较容易了。当然,这些都是幻想。实际上,我们清醒地意识到,这些花环决不是送给我们个人的,送的对象是整个的新中国,全体新中国的人民。我们获得这一份荣誉来接受它们,难道还能有比这更令人欢欣鼓舞的事情吗?

我们就怀着这样的心情,在大会结束后,欣赏了南印度的舞蹈。一直到深夜,才回到旅馆前布置得像阆苑仙境一般的草坪上,参加市长举行的、有四个部长作陪的十分丰盛的晚宴。就这样度过了一个暴风骤雨的夜晚。

我们万没有想到,在第二天,在暴风骤雨之后,又来了一个风和日丽。在极端紧张的访问活动中,主人居然给我们安排了游艇,畅游科钦港。我们乘一叶游艇,在波平如镜的海面上,慢慢地航行;在错综复杂的渔港中,穿来穿去。我们到处都看到用木架支撑起来的渔网。主人说:"本地人管它叫中国网。"我们走到长满椰林的一个小岛旁,主人问:"你们看小岛上的房屋是不是像中国建筑?"我抬眼一看,果然像中国房屋:中国式的山墙,中国式的屋顶,整整齐齐地排列在那里。我的心忽然一动,眼前恍惚看到四五百年前郑和下西洋乘坐的宝船,一艘艘停泊在那小岛旁边。穿着明代服装的中国水手上上下下,忙忙碌碌,从船上搬下成捆的中国青花瓷器,就堆在椰子树下。欢迎中国水手的印度朋友也是熙熙攘攘地拥挤在那里。我真的回到历史中去了。但是这一刹那的幻影,稍纵即逝。我在历史中游逛了一阵,终于还是回到了游艇上。艇外风静縠纹平,渔舟正纵横。摩托声响彻了渔港,红色的椰子在浓绿丛中闪着星星般的红光。

从历史中回到了现实世界以后,又到两个报馆去参观,受到了极其热烈的欢迎。又举行了一个像兄弟话家常般的别开生面的记者招待会,再匆匆赶回旅馆,收拾了一下行李,立刻到了机场,搭乘飞机,飞向班加罗尔。

人虽然已经离开了科钦,但似乎没有完全离开。科钦的水光椰影,大会的热烈情景,印度主人的一颦一笑,宛然如在眼前,无论如何也从心头拂拭不掉。难道真能成为"明日隔山岳,世事两茫茫"吗?到了今天,我回到祖国已经半个多月了。每当黎明时分,我伏案工作的时候,偶一抬眼,瞥见那一条陈列在书架上的科钦市长赠送的象牙乌木龙舟,我的心就不由得飞了出去,飞过了千山万水,飞向那遥远西天下的水城科钦。

一九七八年四月十七日

天雨曼陀罗

——记加尔各答

到了加尔各答，我们的访问已经接近尾声。我们已经访问了十一个印度城市，会见过成千上万的印度各阶层的人士。我自己认为，对印度人民的心情已经摸透了，决不会一见到热烈的欢迎场面就感到意外、感到吃惊了。

然而，到了加尔各答，一下飞机，我就又感到意外、感到吃惊起来了。

我们下飞机的时候，已经过了黄昏。在淡淡的昏暗中，对面的人都有点看不清楚。但是，我们还能隐约认出我们的老朋友巴苏大夫，还有印中友协孟加拉邦的负责人黛维夫人等。在看不到脸上笑容的情况下，他们的双手好像更温暖了。一次匆忙的握手，好像就说出了千言万语。在他们背后，站着黑鸦鸦的一大群欢迎我们的印度朋友。他们都热情地同我们握手。照例戴过一通花环之后，我们每个人脖子上、手里都压满了鲜花，就这样走出了机场。

因为欢迎的人实在太多了，在机场前面的广场上，也就是说，在平面上，同欢迎的群众见面已不可能。在这里只好创造发明一下了：我们采用了立体的形式，登上了高楼，在三楼的阳台上，同站在楼下广场上的群众见面。只见楼下红旗招展，万头攒动，宛如波涛汹涌的大海。口号声此起彼伏，惊天动地，这就是大海的涛声。在訇隐汹磕的涛声中隐约听到"印中友谊万岁"的喊声。我们站在楼上拼命摇晃手中的花束，楼下的群众就用更高昂的口号声来响应。楼上楼下，热成一片，这热气好像冲破了黑暗的夜空。

第二天一大早，旅馆楼下的大厅里就挤满了人：招待我们的人、拜访我们的人、为了某种原因想看一看我们的人。其中有白发苍苍的大学教授，有活泼伶俐、满脸稚气的青年学生，有学习中国针灸的男女青年赤脚医生，有柯棣华纪念委员会和印中友好协会的工作人员，也有西孟加拉邦政府派来招待我们的官员。他们都热情、和蔼、亲切、有礼，青年人更是充满了求知欲。他们想了解新中国的政治、经济、文化、教育。他们想了解我们学习印度语言，其中包括梵文和巴利文的情况。他们想了解我们翻译印度文学作品的数量。他们甚至想了解我们对待中外文学遗产的做法。总之，有关中国的事情，他们简直什么都想知道。大概是因为他们知道我是在大学工作的，所以我往往就成了被包围的对象。只要我一走进大厅，立刻就有人围上来，像查百科全书似的问这问那。我看到他们那眼神，深邃像大海，炽热像烈火，灵动像流水，欢悦像阳春，我简直无法抑制住内心的激动了。

在旅馆以外，也有类似的情况。有一天下午，我参加了一个同印度知识界会面的招待会。出席的都是教授、作家、新闻记者等文化人，我被他们团团围住。许多著名的学者把自己的著作送给我们，书里面签上自己的名字。接着就是一连串的问题。我当然也不放过向他们学习的机会。我向他们了解大学的情况，文学界的情况，我也向他们提出了一连串的问题。我们就像分别多年的老友重逢一般相对欢笑着，互相询问着，专心一志，完全忘记了周围发生的事情，忘记了时间和空间。我有时候偶尔一抬头，依稀瞥见台上正有人唱着歌，好像中印两国的朋友都有；隐约听到悠扬的歌声，像是初夏高空云中的雷鸣声。再一转眼，就看到湖中小岛上参天古树的枝头落满了乌鸦，动也不动，像是开在树枝上的黑色的大花朵。

我们曾参观过加尔各答郊区的一个针灸中心。这里的居民一半是农民，一半是工人。同在其他地方一样，我们在这里也受到极其热烈的欢迎。附近工厂里的工人高举红旗，喊着口号，拦路迎接我们。农村的小学生穿上制服，手执乐器，吹奏出愉快的曲调，慢步走在我们前面，走过两旁长满了椰子树的乡间小路，走向针灸中心。农民站在道旁，热情地向我们招手。到了针灸中心，我们参加了村民欢迎大会。加尔各答四季皆夏，此时正当中午，炎阳直晒到我们头上。有七八个身穿盛装的女孩子，手执印度式的扇子，站在我们身后，为我们驱暑。我们实在过意不去，请她们休息。但是她们执意不肯，微笑着说："你们是最尊敬的客人，我们必须尽待客之礼。"尽管我们心里总感到有点不安，但是这样的感情，我们只有接受下来了。

更使我高兴的是，我们在加尔各答看到了真正的农民舞蹈。这一专场舞蹈是西孟加拉邦政府特别为我们安排的。新闻和广播部长亲自陪我们观看演出。在演出的过程中,他告诉我们演员都是农民,是刚从田地里叫来的。说实话,我真有点半信半疑。因为,在舞台上,他们都穿着戏装,戴着面具,我们看到的是珠光宝气,金碧辉煌。而且他们的艺术水平都很高超。难道这些人真正是农民业余演员吗?我真有点难以置信了。但是,演出结束后,他们一卸装,在舞台上排成一队,向我们鼓掌表示欢迎,果然都是面色红黑,粗手粗脚,是地地道道的劳动农民。我心里一阵热乎乎的,望着他们那淳朴憨厚的面孔,久久不想离去。

我们在加尔各答接触的人空前地多,接触面空前地广,给我们留下的印象也同印度其他城市不同。在其他城市,我们最多只能停留一两天。我们虽然也都留有突出的印象,但总是比较单纯的。但是,到了加尔各答,万汇杂陈,眼花缭乱,留给我们的印象之繁复、之深刻,是其他城市无法比拟的。我们在这里既有对历史的回忆,又有对现实的感受。加尔各答之行好像是我们这一次访问的高潮, 好像是一个自然形成的总结。光是我们每天从工人、农民、知识分子手中接过来的花环和花束,就多到无法计算的程度。每一个花环,每一束花,都带着一份印度人民的情谊。每一次我们从外面回来,紫红色的玫瑰花瓣,洁白的茉莉花瓣,黄色的、蓝色的什么花瓣, 总是散乱地落满旅馆下面大厅里的地毯,人们走在上面,真仿佛是"步步生莲花"一般。芬芳的暗香飘拂在广阔的大厅中。印度古书上常有天上花雨的说法,"天雨曼陀罗"的境界,我没有经历过,但眼前不就像那样一种境界吗?这花雨把这一座大厅变成了一座花厅、一座香厅。这当然会给清扫工作带来不少的麻烦。我们都感到有点歉意。但是,旅馆的工作人员看来却是高兴的,他们总是笑嘻嘻地看着这一切。就这样,不管加尔各答给我们的印象是多么繁复，多么多样化，但总有一条线贯穿其中，这就是印度人民的友谊。

而这种友谊在平常不容易表现的地方也表现了出来。我们在加尔各答参观了有名的植物园，这是我前两次访问印度时没有来过的。园子里古木参天，浓荫匝地，真像我们中国旧小说中常说的，这里有"四时不谢之花，八节长春之草"。给我印象最深的是一株大榕树。据说这是世界上最大的一株榕树。一棵母株派生出来了一千五百棵子树，结果一棵树就形成了一片林子。现在简直连哪棵是母株也无法辨认了。这一片"树林"的周围都用栏杆拦了起来。但是，栏杆可以拦住人，却无法拦住树。已经有几个地方，大榕树的子树，越过了栏杆，越过了马路，在老远的地方又扎了根，长成了大树。陪同我们参观的一位印度朋友很风趣地说道："这棵大榕树就像是印中友谊，是任何栏杆也拦不住的。"多么淳朴又深刻的话啊！

友谊是任何栏杆也拦不住的。如果疾病也算是一个栏杆的话，我就有一个生动的例子。我在加尔各答遇到了一个长着大胡子、满面病容的青年学生。他最初并没能引起我的注意，但是，他好像分身有术，我们所到之处几乎都能碰到他。刚在一处见了面，一转眼在另一处又见面了。我们在旅馆中见到了他，我们在加尔各答城内见到了他，我们在农村针灸中心见到了他，我们又在植物园里见到了他。他就像是我们的影子一样，紧紧地跟随着我们。我不由自主地想到了印度古代史诗《罗摩衍那》中的神猴哈奴曼，想到了中国长篇小说《西游记》中的孙悟空。难道我自己现在竟进入了那个神话世界中去了吗？然而我眼前看到的决不是什么神话世界，而是活生生的现实。那个满面病容的、长着大胡子的印度青年正站在我们眼前,站在欢迎人群的前面,领着大家喊口号。一堆人高喊:"印中友谊——"另外一堆人接声喊:"万岁!万岁!"在这两堆人中间,他都是带头人。但是,有一天,我注意到他在呼喊间歇时,忽然拿出了喷雾器,对着自己嘴里直喷。我也知道,他是患着哮喘。我连忙问他喘的情况,他腼腆地笑了一笑,说道:"没什么。"第二天看到他没带喷雾器,我很高兴,问他:"今天是不是好一点?"他爽朗地笑了起来,连声说:"好多了!好多了!"接着又起劲地喊起"印中友谊万岁"来。他那低沉的声音似乎压倒了其他所有人的声音。他那苍白的脸上流下了汗珠。我深深地为这情景所感动。我无法知道,在这样一个满面病容的印度青年的心里蕴藏着多少对中国人民的深情厚谊。一直到现在,一直到我写这篇短文的时候,我还恍惚能看到他的面容,听到他的喊声。亲爱的朋友!可惜我由于疏忽,连你的名字也没有来得及问。但是,名字又有什么意义呢?我想把白居易的诗句改动一下:"同是心心相印人,相逢何必问姓名!"年轻的朋友,你是整个印度人民的象征,就让你永远做这样一个无名的象征吧!

一九七八年五月十四日

游唐大招提寺

多么凑巧的事情，又是多么可喜的事情！唐大和尚鉴真回国探亲，我们在北京刚见过面；他回到日本不久，我们又来探望参拜他了。

一走进唐大招提寺，我们仿佛回到了祖国。此地的一草一木，一梁一柱，无不让我们感到亲切可爱。连踏在脚下的沙粒，似乎也与别处不同。我们的心情又兴奋，又宁静；又肃穆，又虔诚。我们明确地意识到，这不是一个普普通通的地方，这是一个神圣的地方；这是中日两国人民悠久的传统友谊结晶的地方，决不能等闲视之。

我们现在看到的当然是历历在目的大殿、经堂、佛像、神龛。但是我的心却一下子回到了一千多年以前的历史中去，回到鉴真生活的时代中去。这样的经历我从前曾经有过一次，那是在印度瞻谒玄奘遗迹的时候。我当时曾看到玄奘的身影无所不在。今天，印度换成了日本，玄奘换成鉴真了。同玄奘一样，鉴真的面貌我们都是熟悉的。我现在在这一座古寺里到处看到的就是鉴真的慈祥肃穆的面容。我仿佛看到他慈眉善目，庞眉铺目，到处烧香礼佛。看到他盘腿坐在莲花座上，讲经说法，为天皇、皇太子、贵族、平民传法授戒。他在整个寺院里让人搀扶着来来往往地行走。我不但能看到他的身影，而且能听到他的声音，虽然我并说不出，他的声音究竟是个什么样子。我们今天满怀虔敬之心踏在这一座古寺的土地上。我们知道，这一座古寺的每一寸土地都留有鉴真的足迹。我们脚下踏着的就是鉴真当年留下的足迹。因此，我们的步履轻而又轻，谨慎而又谨慎。特别是当我们走过一座重门深锁的院落的时候，我们的步子更轻了，我们仿佛在临深履薄，戒慎恐惧。这院落"庭院深深深几许"，在望之如云端仙境的重楼上，鉴真的漆像就作为国宝保存在那里。这门是经常锁着的。我们不由得面向楼阁深处，合十致敬。

鉴真爱不爱日本人民呢？他当然是爱的。他怀着满腔炽热的感情爱日本，爱日本人民。他同中国人民一样，深深地体会到中日两国人民的亲密关系，决心为日本人民牺牲自己的一切，把他认为能济世度人的佛法传到日本去。为了日本人民的幸福，他毅然决然离开了自己的祖国。在当时想到日本去，简直难于上青天。今天讲一衣带水，形容两国邻近，非常轻松，非常惬意。然而海中波涛滚滚，龙蛇飞舞，用木头造的船横渡，其艰险决非今日所能想象。鉴真尝试过几次，都失败了，最后终于九死一生，到了日本。如果对日本人民不抱有最深沉的爱，能做到这一步吗？他到日本时，双目已完全失明，什么东西都看不见了。但是，我相信，他能够看到一切。他看到的日本、日本人民、日本的自然风光，决不比任何人少，而且会比任何人都更多，更深刻。他看到了别人看不到的东西，他看到了日本人民的心。他的心同日本人民的心共同跳动，"心有灵犀一点通"。他们心心相印。就凭着这一点，虽然他不懂日本语言——我猜想，他初到日本时是不懂当地的语言的——他却完全能同日本各阶层的人民交流思想，沟通感情。日本人民的喜怒哀乐就是他的喜怒哀乐。他同日本人民浑然一体。"海为龙世界，天是鸟家乡"，日本就成了他的海，成了他的天了。

鉴真会不会怀念祖国呢？当然会的。他同样也是怀着满腔炽热的感情爱着自己的伟大的祖国。否则他决不会在离开祖国一千多年以后又不远千里不顾年老体衰仆仆风尘回国探亲。不但探望了扬州，而且还探望了他离开祖国时还不存在的首都北京。他是一位高僧，不会有什么尘世俗念。但是爱国之情是人们最基本的感情，高僧也不能例外。遥想他当年远离祖国，寄身异邦，每天在礼佛讲经之余，一灯荧然，焚香静坐，殿外的春花秋月、夏雨冬雪，难免逗起一腔怀乡之情。檐边铁马的叮咚不会让他想到扬州古寺中的铁马吗？日本古代大俳句家松尾芭蕉非常了解鉴真的心情。他有一首著名的俳句，前有小引："唐招提寺开山祖鉴真和尚来日时，于船中遇难七十余次。其间，因海风侵袭双目，终成盲圣。今日拜谒尊像，得诗一首。"诗云：

新叶滴翠，
摘来拂拭尊师泪。（林林译文）

像鉴真这样的高僧，断七情，绝六欲，眼中的泪珠从何而来呢？除了因怀念祖国而流泪之外，还能有什么原因呢？大诗人芭蕉不愧是真正的诗人，他能深切体会鉴真的心情，发而为诗，才写出这样感人的诗句，使我们今天的人，不管是中国人，还是日本人，读到它，还为之感动不已。

我们中国人，不管读没读过芭蕉的名句，好像都能体会鉴真爱国思乡的心情。因此，当他这次回国探亲时，不管走到什么地方，扬州也好，北京也好，他都受到热烈的欢迎。今天他看到的祖国同他当年的祖国相比，已经完完全全变了样子；但是，祖国的人民、祖国人民的心，特别是对他那一片赤诚之心，则是一点也没有变的。我想，鉴真是完全擦干了眼泪带着微笑回到他的第二祖国日本去的吧！即使在日本再呆上几百年，甚至几千年，他内心里也感到欣慰吧！

中国人民对鉴真的敬爱还表现在另外一个方面。今天，凡是到日本来的中国人，只要有可能，没有不到唐大招提寺来参谒的。我们几个人现在就来到了这里。我走在这一座清净肃穆的大寺院里，花木扶疏，竹石掩映，到处干干净净，宛然一处人间仙境。但是我心中却是思潮腾涌，片刻不停，上下数千年，纵横数千里，遍照三世，神驰四极，对眼前的景物有时候视而不见。连自己走过的道路也有时候清楚，有时候不清楚。在不知不觉中，我们终于来到了鉴真的墓塔跟前。这一座墓塔并不特别高大巍峨，同中国常见的高僧墓塔样子和大小都差不多。这里就是鉴真永远安息的地方。我亲眼看到，日本人民男女老少成群结队，怀着极端虔敬的心情，到这里来参谒墓塔。走近墓塔的时候，他们面容严肃，脚步迈得轻轻的，唯恐惊扰了墓中的高僧。鉴真活着的时候，为日本人民的利益而牺牲了自己的一切。到了今天，他圆寂已经一千多年了，他仍然活在日本人民心中，他好像仍然生活在日本人民中间，天天受到他们的礼敬。鉴真死而有知，他一定感到莫大的欣慰吧！

墓塔的周围，茂树参天，绿竹挺秀，更显得特别清幽阒静。离开墓塔不远，有一片荷塘。此时正是夏天，塘里荷花盛开。这里的荷花很有点特色，花瓣全是白的，只有顶上有一抹鲜红，闪出红彤彤的光，宛如富士山雪峰顶上照上一片红霞。我在中国许多地方，世界上许多地方，都看到过荷花；在荷花的故乡印度也看到过荷花。白荷花、红荷花，甚至蓝荷花、黄荷花，都看到过。但是像鉴真墓旁这样的荷花却从来没有见过。难道是富士山之灵钟于荷花上面了吗？难道是鉴真的神灵飞附到这荷花瓣上来了吗？

不管我是多么依恋唐大招提寺，多么依恋鉴真的墓塔，多么依恋池塘里的荷花，我们的活动是有时间限制的。经过了两三个小时的漫游，我们终于必须离开了。我们怀着依依难舍的心情，一步三回首，慢慢地踱出了这一座举世闻名的古寺。登上汽车以后，仍然从车窗里回望那些巍峨的大殿楼阁，直至车子转弯，它的影子完全消失为止。这些影子在眼前消失了，然而却落入我的心灵深处，将永远留在那里。

敬爱的鉴真大和尚！我们暂时告别了。倘若有朝一日我还能来到日本，我一定再来参谒你。我会从祖国最神圣的地方，最神圣的一棵树上，采下一片最神圣的嫩叶，来拂拭你眼中的泪珠。

一九八〇年七月二十三日于日本箱根写草稿
一九八五年一月二十九日于北京抄毕

望雪山

——游图利凯尔

其实,在加德满都城内,到处都可以望到雪山。六天以前,我一走下飞机,就惊异于此地山岭之多,抬眼向四周一看,几乎都是高高低低起伏如波涛的山峦。在碧绿的群山背后,有几处雪峰,高悬天际,初看宛如片片白云。白雪皑皑的峰巅,夕阳照上去,闪出耀眼的银光。

前几天,在世界佛教联谊会的大会开幕仪式上,我坐在主席台上,台下万头攒动,蓦抬头,看到远处的万古雪峰横亘天际。唐人诗说:"林表明霁色,城中增暮寒。"我想改换一下:"天际明雪色,城中增暮寒",约略能够表达出当时的情景。

又过了两天,代表团中有的同志建议,到离雪山更近一点的图利凯尔去看雪山,我欣然同意。我历来对雪山有好感,但是我看到的雪山并不多。只在新疆乌鲁木齐附近的天池看过两次,觉得非常新鲜。下面是炎热的天气,然而抬头向上一看,仿佛就在不远的地方却是险峰积雪，衬着蔚蓝的晴空，愈显得像冰心玉壶；又仿佛近在眼前，抬腿就可以走到，伸手就可以抓到一把雪。实际上，路是非常遥远的。从雪峰下来的采莲人手持雪莲，向游客兜售。淡黄色的雪莲仿佛带来了万古雪峰顶上的寒意，使我们身处酷夏，而心在广寒。此情此景，终生难忘。

现在，我来到了尼泊尔。这里雪峰之多，远非天池可比。仅仅从加德满都城里面就能够看到不少。在全世界上，也只有我国西藏和尼泊尔有这样多这样高的雪峰。我到这里来的时候，曾在飞机上看过雪山。那是从上面向下看。现在如果再从下面向上看一看的话，那该是多么有趣多么新鲜啊！怀着这样热切期待的心情，我们八个人立即驱车到了图利凯尔。

这个地方离雪峰近了一点，但是同加德满都比较起来也近不了多少。可是因为此地踞小峰之巅，前面非常开阔，好像是一个大山谷，烟树迷离，阡陌纵横。山谷对面，一片云雾上面就是连绵数千百里的奇峰峻岭。从这里看雪山，清晰异常。因此，多少年以来，此地就成了饱览雪山风光的胜地，外国旅游者没有不到这里来的。如果不到这里来，不管你在尼泊尔看到过多少地方，也算是有虚此行，离开之后，后悔莫及了。

今天，天公确实真是作美。早晨照例浓雾蔽天，八九点钟了，还没有消退的意思。尼泊尔朋友说，今天恐怕要全天阴天了，看雪山有点问题了。然而我们的汽车一驶出加德满都，慢慢地向上行驶的时候，天空里忽然烟消云散，一轮红日高悬中天。尼泊尔主人显然高兴起来，他们认为让中国客人看到雪山是自己的职责。我们也同样激动起来。我们不远万里而来，如果不能清晰地看一下雪山的真面目，能不终生感到遗憾吗？

　　在半山坡的绿草地上,早已有人铺上了白布,旁边的桌子上摆满了食品,几辆挂着国旗的小轿车停在附近,看样子是哪一个国家的大使馆的车子。大人、小孩、男男女女,在草地上溜达着,手里拿着望远镜,指指点点,大概是议论对面雪峰的名称。在我们眼前隔着那一条极为广阔的峡谷,对面群峰林立,从右到左,蜿蜒不知道有几百几千里,只见黑鸦鸦的一片崇山峻岭,灰色的云彩在上面飘动。简直分不清哪是云,哪是山。在这群山后面或者上面,是一座座白皑皑的万古雪峰,逶迤也不知道几百几千里,巍然耸立在那里。偶然一失神,这一座座的雪峰仿佛流动起来,像朵朵的白云飘动在灰蓝色的山峰上面。这些雪峰太高了,相距那么远,还要抬头去看。我还从来没有看到过这样多、这样高、这样白的雪峰。我知道这些雪峰下面蓝色的云团也并不是云彩,而是真正的山。仿佛比这蓝色云团再高的地方就不应该再有山峰了。可是那些飘浮在这些蓝色云团上的白色的云彩,确确实实是真正的雪峰。这真可以算是宇宙奇景,在别的地方是看不到的了。

　　按照地图,从右到左,一共排列着十三座有名有姓的雪峰,在世界上都广有名声。其中有不少还从来没有被凡人征服过。上面什么样子,谁也说不清楚。人们可以幻想,大概只有神仙才能住在上面吧。过去的人确实这样幻想过。中国古代的昆仑山上不就住着神仙吗?印度古代的神话也说雪山顶上是神仙的世界。可是世界上哪里会有什么神仙呢?然而,如果说雪峰上面什么都没有,我的感情似乎又有点不甘心。那不太寂寞了吗?那样晶莹澄澈的广寒天宫只让白雪统治,不太有点煞风景了吗?我只好幻想,上面有琼楼玉宇、阆苑天宫,那里有仙人,有罗汉,有佛爷,有菩萨,有安拉,有大梵天,有上帝,有天老爷,不管哪一个教门的神灵们,统统都上去住吧。他们乘鸾驾凤,骑上猛狮、白象,遨游太虚吧。

别人看了雪山想些什么,我说不出。我自己却是浮想联翩,神驰六合。自己制造幻影,自己相信,而且乐在其中,我真有流连忘返之意了。当我们走上归途时,不管汽车走到什么地方,向右面的茫茫天际看去,总会看到亮晶晶的雪山群峰直插昊天。这白色的群峰好像是追着我们的车子直跑,一直把我们送进加德满都城。

一九八六年十二月一日
于北京大学朗润园

别加德满都

古时候，佛教禁止和尚在一棵树下连住上三宿，怕他对这一棵树产生了眷恋之心。佛教的立法者们的做法是煞费苦心而又正确的。

说老实话，我初到加德满都的时候，看到这地方街道比较狭窄，人们的衣着也不太整洁，尘土比较多，房屋也低暗，我刚刚从日本过来，不由自主地就要对比两个国家，我立刻萌发了一个念头：赶快离开这里回国吧！

但是，过了不到半天，我的想法就来了一个一百八十度的大转弯。我乘着车子走过了许多条大大小小宽宽窄窄的街道，街道确实不能说是十分干净的，人们的面貌也确实不像日本那样同我们简直是一模一样，望上去让人没有陌生之感。可是我忽然发现，这里同我的祖国有很多相似的地方。特别是同我幼年住过的山东乡村、六十年代初期四清时呆过的京郊农村，更是非常相似。在那里，到处都有我最喜爱的狗，猪也成群结队地在街道上哼着叫着,到垃圾堆里去寻找食物,鸭子和鸡也叫着、跳着杂在猪狗之间。小孩子同小狗、小猪一起玩耍,活蹦乱跳。偶尔还有炊烟从低矮黑暗的屋子里飘了出来,气味并不好闻,但却亲切、朴素,真正是乡村的气息。加德满都是一个大城市,同乡村不能完全一样;但是乡村的气息还是多少有一点的。这使我想到家乡,愉快之感在内心里跃动。

晚上走过这里的大街,电灯多半不十分耀眼明亮。霓虹灯不能说是没有,但比较少,也不十分光辉夺目。有的地方甚至灯光暗淡,人影迷离。同日本东京的银座之夜比较起来,天地悬殊。在那里,光明晃耀,灯光烛天,好像是从东海龙王那里取来了夜光宝珠,又从佛教兜率天取来了水晶琉璃,修筑了黄金宝阶、白银栏杆、千层宝塔、万间精舍,只见宇宙一片通明,直上灵霄宝殿,遍照三千大千世界。美则美矣,可我觉得与自己无关。我在惊奇中颇有冷漠之感。

在这里,在加德满都,没有那样光明,没有那样多彩,没有那样让人吃惊,没有那样引人入胜;可我从内心深处觉得亲切、淳朴、可爱、有趣,仿佛更接近自己的心灵。街旁的神龛里供着一些神像,但是没像在印度那样上面洒满了象征鲜血的红水。参天大树挺立在那里,告诉我们这个城市的古老。间或也能看到四时不谢的鲜花,红的、黄的都有,从矮矮的围墙后面探出头来,告诉我们,此时在我国虽然已是冬天,此地却仍然是春意盎然,这是一座四时皆春的春城。

除了上面这一些表面上能看到的东西以外,在我们心里还蕴涵着一种感情,是在任何别的地方都难以产生的。在尼泊尔流传着一个神话传说,说加德满都峡谷原来是大水弥漫,只有鱼虾,没有人类。文殊菩萨手挥巨剑,把一座小山劈成两半,中间留了一个口子,大水从此地流出,于是出现了陆地,出现了居民,出现了加德满都城,尼泊尔从此繁衍滋生,成为现在这个样子。而文殊菩萨的故乡则是在中国的五台山,至今他还住在那里。尼泊尔人视此山为圣地。

这当然只是一个神话。但是神话也是有背景的。为什么尼泊尔人民不把文殊菩萨的故乡说成是在别的国家,而偏偏说成是在中国呢? 对中尼两国人民来说,这是一个多有意义的神话啊! 尼泊尔人本来就是一个温顺和平的民族,再加上这样一个神话,所以他们每一个人都对中国怀有纯真深厚的感情。现在我们所到之处都能体会到这样一种感情,都能看到微笑的面孔,我们都陶醉在尼泊尔人民的友谊中了。

我们总共在加德满都只呆了六天。可是这六天已经成为佛祖允许和尚在一棵树下住宿时间的一倍。我们的所见所闻是很有局限的。可是,经过了我上面说过的思想感情一百八十度的大转变之后,我对于这一座不能算是太大的城市的感情与日俱增,与时俱增。临别的那一天的早晨,我很早就起来了。我打开窗子,面对着外面每天早晨都必然腾起的浓雾,浓雾把眼前的一切东西都转变成了淡淡的影子。我又听到从浓雾中的某一个地方传来了犬吠声和不知从哪一家屋顶上传来了鸽子咕咕的叫声。我此时确实看不到我最喜欢看的雪山——它完全被浓雾遮蔽住了。但是,我的眼睛似乎有了佛教所谓的天眼通的神力,我能看到每一座雪峰,我的心飞到了这些雪峰的顶上,任意驰骋。连象征中尼友好的世界第一高峰珠穆朗玛峰,我似乎都看到了。我的心情又是激动,又是眷恋,又感到温暖,又觉得冷森,一时之间,我简直有点不知所措了。

别了，加德满都！

我相信，有朝一日，我还会回来的。

一九八六年十二月二日下午于北京大学朗润园

登黄山记

早就听人说过："五岳归来不看山，黄山归来不看岳。"又经常遇到去过黄山的人讲述那里的奇景，还看到画家画的黄山，摄影家摄的黄山，黄山在我的心中就占了一个地位。我也曾根据那些绘画和摄影，再掺上点传闻，给自己描绘了一幅黄山图，挂在我的心头。我带着这样一幅黄山图曾周游国内，颇看了一些名山大川。五岳之尊的泰山，我曾凌绝顶，观日出。在国外，我也颇游览了一些国家，徜徉于日内瓦的莱蒙湖畔，攀登了雪线以上的阿尔卑斯山，尽管下面烈日炎炎，顶上却永远积雪皑皑。所有这一切都是永世难忘的。但是我心中的那一幅黄山图，尽管随着游览的深广而多少有所修正，但毕竟还是非常美的，非常迷人的。

今天我就带着我心中的那一幅黄山图，到真正的黄山来了。

汽车从泾县驶出，直奔黄山。一路上，汽车蜿蜒绕行于万山丛中。我的幻想也跟着蜿蜒起来。眼前是千山万岭，绵延不绝，但是山峰的形象从远处看上去都差不多。远处出现了一个耸入晴空的高峰,"那就是黄山了吧!"我心里想。但是一转眼,另一个更高的山峰呈现在我的眼前,我只好打消了刚才的想法。如此周而复始,不知循环了多少遍。还有一个问题一直萦回在我的脑际:在这千山万岭中, 是谁首先发现黄山这一个天造地设的人间仙境呢?是否还有另一个更美的什么山没有被发现呢?我的幻想一下子又扯到徐霞客身上。今天我们乘坐汽车来到这里,还感到有些疲惫不堪。当年徐霞客是怎样来的呢? 他只能自己背着行李,至多雇上一个农民替他背着,自己手执藤杖,风餐露宿,踽踽独行于崇山峻岭中,夜里靠松明引路,在虎狼的嗥叫声中,慢慢地爬上去。对比起来,我们今天确实是幸福多了。……

就这样,汽车一边飞快地行驶,我一边在飞快地幻想。我心里思潮腾涌,绵绵不断,就像那车窗外的绵延的万山一样。

汽车终于来到了黄山大门外。

一走进黄山大门,天都峰就像一团无限巨大的黑色云层,黑糊糊地像泰山压顶般对着我的头顶压了下来, 好像就要倒在我的头上。我一愣:这哪里是我心中的那个黄山呢? 然而这毕竟是真实的黄山。我几十年蕴藏心中的那幅黄山图一下子烟消云散了。我心中怅然若有所失,但是我并不惋惜。应该消逝的让它消逝吧! 我现在已经来到了真实的黄山。

从此以后,真实的黄山就像一幅古代的画卷一样,一幅一幅地、慢慢地展现在我的眼前。

出宾馆右行,经疗养院右转进山。山势一下子就陡了起来。我曾经听别人说过,从什么地方到什么地方是多少多少华里。在导游书上,我也看到了这样的记载。我原以为几华里几华里都是在平面上的,因此我对黄山就有了一些不正确的理解。现在,接触了实际,才知道这基本上是按立体计算的。在这里走上一华里,同平地上不大一样,费的劲儿要大得多。就是向上走上一尺,也要费上一点力气。没有别的办法,只好喘气流汗了。我低头看着脚下的台阶,右手使劲地拄着竹杖,一步一步地向上爬行。我眼睛里看到的只是台阶,台阶,台阶。有时候,我心里还数着台阶的数目。爬呀,数呀,数呀,爬呀,以为已经很高了。但是抬眼一看,更高、更陡、更多的台阶还在前面哩。想当年登泰山的时候,那里还有一个"快活三里"。这里却连一个快活三步都没有。但是,既来之,则安之,爬就是一切。

我到黄山来,当然并不是专为来走路的。我还是要看一看的。但是,在黄山,想看也并不容易。有经验的人说:"走路不看山,看山不走路。"这确实是至理名言。这有点像鱼与熊掌的关系,不可得而兼之。谁要想"兼之",那就有失足坠下万丈深涧的危险。我只在爬到了一定的阶段时,才停下脚步,小心地抬头向身后和左右看上一看,但见峭壁千仞,高岭入云,幽篁参天,苍松夹道,鸟鸣相和,蝉声四起。而且每看一次,眼前的情景都不一样,扑朔迷离,变幻万端。就连同一个地方,从不同的角度去看,都能看出不同的形象。从慈光阁看朱砂峰,看到天都峰上的金鸡叫天门。但是登上龙蟠坡,再抬头一看,金鸡叫天门就变成了五老上天都。在什么地方才能看到黄山真面目呢?我想,在什么地方也是看不到的。我很想改一改苏东坡的诗:"横看成岭侧成峰,远近高低各不同。不识黄山真面目,即使身在此山中。"

我有时候也有新的发现,我简直觉得其中闪现着"天才的火花",解人难得,我只有自己拍手(这里没有案)叫绝。比如,我看远山上的竹石树木,最初只觉得一片蓊郁。但细看却又有明暗之别。有的浓绿,有的淡绿。经过我再三研究揣摩,我才发现,明的是竹,暗的是松,所谓"苍松翠竹",大概指的就是这个意思吧。我又想改陆游的两句诗:"山重水复疑无路,松暗竹明又一山。"

一想到陆游,我又想到了徐霞客。我们且看看他登上慈光寺以后是怎样看黄山的:

> 由此而入,绝巘危崖,尽皆怪松悬结;高者不盈丈,低仅数寸,平顶短鬣,盘根虬干,愈短愈老,愈小愈奇。不意奇山中又有此奇品也。

他看到了奇山,又看到了奇松。他看到的山同我们今天看到的几乎完全一样,这毫无可怪之处。但是他看到的松,有多少是我们今天还能看到的呢?"愈短愈老,愈小愈奇",难道在这几百年的时间内,它们就一点也没有长吗?就是起徐霞客于地下,我这样的问题恐怕也无法回答了。

我就是这样一边爬,一边看,一边改着古人的诗,一边想到徐霞客,手、脚、眼、耳、心,无不在紧张地活动着,好不容易才爬到了天都峰脚下。这是一个关键的地方。向右一拐,走不多远,就可以登上台阶,向着天都峰爬上去。天都峰是黄山的主峰。不到天都非好汉,何况那天险鲫鱼背我已经久仰大名,现在站在天都峰下,一抬头就可以看到,上面有蚂蚁似的人影在晃动,真是有说不出的诱惑力啊!但是一看到那一条直上直下的登山盘道,像一根白而粗的线绳一样悬在那里,要爬上去,还真需要有一把子力气呢。我知道,倘若给我半天的时间,登上去也是没问题的。可惜现在早已经过了中午,到我们今天住宿的地方玉屏楼还有一段路要走。我再三斟酌，只好丢掉登天都峰的念头，这好汉看来当不成了。我一步三回头地向左一拐，拾级而上，一直爬到了一线天的门口。这时我们坐了下来，背对一线天口，脸朝前望，可以看到近在咫尺的蓬莱三岛。所谓蓬莱三岛只是三个石笋似的小山峰，上面长着几棵松树，下面是一片深不见底的山谷。据说，白云弥漫时，衬着下面的云海，它们确确实实像蓬莱三岛。但现在却是赤日当空，万里无云，我只能用想象力来弥补天公的不作美了。

一线天真正是名副其实。在两个峭壁中，只有一条缝隙，仅容人体，抬眼一看，只见高处露出一线光明，上面是蓝蓝的天，这一团光明就召唤着我们，奋勇前进。我们也就真的一个个精神抖擞，鼓足了余勇，爬了上去。低头从我们两条腿中间向后看去，还可以看到悬挂在天都峰上的那一条白练似的磴道。

过了一线天，再向右一拐就走上了玉屏楼，这里是从温泉到北海去的必由之路。一般人都是在这里过夜的。徐霞客时代，这里叫玉屏风。他在《游记》里写道："四顾奇峰错列，众壑纵横，真黄山绝胜处。"可见徐霞客对此处评价之高。原来这里有一座庙，叫做文殊院。古人曾说过："不到文殊院，没见黄山面。"这同徐霞客的意见是一致的。

这里有什么特点呢？这里是万山丛中一块比较平坦的地方，好像天造地设，就是一个理想的中途休息的地方。一转过山角，就能看到峭壁上长着一棵松树。提起此松，真是大大地有名。全中国人民和全世界人民大概都经常能看到它的形象。挂在人民大会堂里的那一幅叫做"迎客松"的照片，就是它。这棵松树的大名就叫做"迎客松"。许多来访的外国领导人，以及名人、学者会见中国领导人时,就在那个照片下面照相。你看它伸出双臂,其实是不知道多少臂,仿佛想同来游的人握手、拥抱,它那青翠的枝头仿佛能说出欢迎的语言,它仿佛就是黄山好客的象征,不,它实际上成了中国人民好客的象征。你若问它的高寿,那就很难说。它干并不粗,也不特别高,看样子它至多也不过几十年至百年,然而据人说,它挺立在这里已经有一千多年的历史了。这里山高风劲,夏有酷暑,冬有寒冰,然而它却至今巍然屹立,俊秀挺拔,苍翠欲滴,枝头笼烟,仿佛正当妙龄青春。我在这里祝它长寿!

至于玉屏楼本身,可看的东西并不多。只是因为此地处万山之中,抬眼四顾,前有大谷深壑,下临无地,上面有参天云峰,耸然并立。同前一段的地无三尺平的情况比较起来,当然显得空阔寥廓,快人心目。当白云弥漫时,云海苍茫,必然另有一番景色。可惜我们没有这个福气,只看到了一片干涸了的大海。在玉屏楼的右边,就是那一棵在名声上稍逊一筹的送客松。它也像迎客松一样,伸出了它那许多胳臂,好像向游客告别,祝他们身强体健,过一些时候再来黄山。我也祝它长寿!

我们就是在住宿一夜之后,怀着还要再回来的心情走过这一棵松树向黄山深处前进的。一走过送客松,山路就好像一反昨天上山时的规律,陡然下降,下降,下降,再下降,一直降到涧底。这一段路走起来非常舒服,似乎还要超过泰山的"快活三里"。我们虽低头走路,仍可以抬头望山。走过望客松、蒲团松,右边可以看到指路石,回头则见牛鼻峰上的犀牛望月。下到深涧涧底以后,一泓清泉,就在道旁,清澈见底,泠洌可饮。拿做文章来比,我们走这一段山路,好像是在做"承"的那一段,"起"得突兀,"承"

得和缓，我们过了一段舒服的时光。

但是，再拿做文章来比，"承"过以后，就来了"转"，这一"转"，可真不得了。到了涧底，抬眼一看，前面是八百级的莲花沟。这八百级仿佛是直上直下，令人看了真有点发怵。实际上，往上攀登的时候，比在下面仰望时更令人感到可怕。我们面前好像只有这一条窄窄的石阶，只能向上，不能回转，"马行在夹道内，难以回马"，不管流多少汗，喘多少气，到此也只有奋勇攀登，再没有回旋的余地了。

皇天不负有心人。爬上了八百石阶，一转就到了莲花峰脚下。这一座莲花峰也是黄山主峰之一。从它的脚下上山好像比从天都峰脚下攀登天都峰要容易得多，只需往右一转，爬上几个台阶就可以达到峰顶。然而，正惟其容易，也就失掉了吸引力。同时，我们今天的目标是到北海。我于是只在莲花峰下少坐片刻，抬头看到不远的峰顶上游人多如过江之鲫，然后左转走上前去。要说到黄山的险境，仿佛现在才算是开始。身右峭壁凌空，左边却是悬崖无地。山路是整修过的，在最危险的地方加了石头栏杆或铁链。但栏外就是危险境地，好像泰山上的阴阳界一样。走在这样的地方，连昨天奉行的"看山不走路，走路不看山"的箴言都无法奉行，无已，只有一心一意埋头苦走而已。这里就是鼎鼎大名的万丈云梯，真可以说是名不虚传。但是，大自然最憎恨的是单调，它决不会让百步云梯成为千步云梯、万步云梯。过了百步云梯，又是一段比较平直的山路。此时我仿佛已经过了险关，大有闲情逸致，观赏山景。蓦抬头，在远处的山崖上，忽然看到"万绿丛中一点红"。此时正是盛夏，早过了春暖花开的时节。这一点红是哪里来的呢？我无法攀上悬崖去看，无从探索与研究。我只有沉入幻想中,幻想暮春四五月间,黄山漫山遍野开满了杜鹃花的情况。我眼前的黄山一下子变了样,"日出山花红似火",红色的火焰仿佛燃遍了全山,直凌太空,形成了一幅红透宇宙的奇景。

就这样,一路幻想下去。平路走尽,又上山路,穿过鳌鱼洞,就到了天海。这一段路更平了,仿佛已经离开黄山,到了平地上。一路树木蓊郁,翠竹夹道,两旁蝉声啼不住,轻身已到北海边。

北海真是个好地方。人们已经看过了天都峰和莲花峰,奇景险境,久已身履,大概总会觉得黄山胜境已经探过,到了北海已经成为尾声了。

然而实则不然。

我先讲一个口头传说。距北海不远有一个山峰,叫做始信峰。什么叫始信峰呢?这里熟于掌故的人说,就是"开始相信",意思就是,到了这里才开始相信黄山之美。不管这个解释是否正确,是舍就是原意,我确确实实是相信的。我到了北海以后,才知道,北海决不是黄山之游的尾声,而是高峰,是顶端。上文曾引过一句古语:"不到文殊院,没见黄山面。"我想改一改:"走不到北海,黄山没有来。"再拿写文章作比,如果过了玉屏楼算是"转",那么,到了北海就算是"合"。一篇精巧的文章写到这里,才算是达到精妙的顶点,黄山乃山中之奇山,北海是众奇并备,万巧同臻。游黄山到此,真可以说是叹观止矣。

然而究竟"合"出一些什么东西来呢?

三言两语是说不完的。以北海为中心,三五华里的半径内,景色万千,名目繁多。大则崇山峻岭,小至一石一树,无不奇绝人寰。从宾馆右转,走不多远,在深山绝谷的边缘上,出现了散花精舍,前面不远是梦笔生花、笔架峰、骆驼石、上升峰和老翁钓鱼,再往前走就是始信峰。登上始信峰顶,下临无地,隔着深涧远处可见仙女峰、石笋矼,石笋壁立千仞,真仿佛天上有一个顶天立地的金刚巨无霸从上面把石笋栽在那里,成为宇宙奇观。我们只是从远处看石笋矼,徐霞客是亲身到过。他在《游记》里写道:"趋石笋矼,至向年所登尖峰上,倚松而坐,瞰坞中峰石回攒,藻绘满眼,如觉匡庐、石门,或具一体,或缺一面,不若此之阂博富丽也。"

"阂博富丽"当然还不仅限于石笋矼。北海附近这一些名胜,无不"阂博富丽"、"藻绘满眼"。比如清凉台、曙光亭,都各有奇妙之处。出宾馆左折西行,可以到西海。沿路青松参天,翠竹匝地。有很多有名的奇景。走到尽头,同别的地方一样,眼前又是峭壁千仞,深涧万寻。从这里的排云亭上,可以看到丹霞峰、松林峰、石床峰,各各刺入青天,令人神往。据说这地方是看落照的好地方,可惜我们来的时候,不是黄昏,我们只有怅望西天,幻想一番日落西山、红霞满天的情景而已。

是不是北海就只"合"出了这样一些东西来呢?

也还不是的。黄山有所谓四大奇景:奇松、怪石、云海、温泉。温泉一进山就可以看到,上面已经说过,这里不再提了。其他三奇,除了云海以外,一进山也都陆续可以看到。从慈光阁开始,只要你注意,奇松、怪石,到处可见。简直是让你一步一吃惊,一步一感叹。到了北海算是达到了顶峰,所谓集大成者就是。

那么,人们也许要问,奇松奇在什么地方呢?这个问题问得好,我初次听说奇松时,心里也泛起过这个问题。我游遍了黄山,到了北海,要想答复这个问题,也还感到非常困难,简直可以说是回答不出。我常常想,世间一切松树无不是奇的。奇就奇在它同其他一切树都不一样。其他树木的枝子一般都是往上长的,但是松树的枝干却偏平行着长或者甚至往下长。其他树木从远处看上去都能给人一个轮廓,虽然茂密,但却杂乱,然而松树给人的轮廓却是挺拔、秀丽,如飞龙,如翔凤,秩序井然,线条分明。松柏是常常并称的。如果它们站在一起,人们从远处看,立刻就能够分清哪是松,哪是柏。总之一句话,我们脑中一切关于树的规律,松树无不违反。此之所谓奇也。

但是,黄山上的松树比其他地方更奇,是奇中之奇。你只要看一看黄山上有名字的名松,你就可以知道:蒲团松、连理松、扇子松、黑虎松、团结松、迎客松、送客松、飞虎松、双龙松、龙爪松、接引松,此外还不知道有多少松。连那些不知名的大松、小松、古松、新松、长在悬崖上的松、长在峭壁上的松、长在任何人都不能想象的地方的松,千姿百态,石破天惊,更是违反了一切树木生长的规律。别的地方的松树长上一千多年,恐怕早已老态龙钟了,在这里却偏偏俊秀如少女,枝干也并不很粗。在别的地方,松树只能生长在土中,在这里却偏偏生长在光溜溜的石头上。在别的地方,松树的根总是要埋在土里的,在这里却偏偏就把大根、小根、粗根、细根,一股脑儿地、毫不隐瞒地、赤裸裸地摆在石头上,让你看了以后,心里不禁替它担起忧来。黄山松奇就奇在这里。看松而看到黄山松,真可以说是达到顶峰了。

谈到怪石,也真是够怪的。那么这些石头怪又怪在何处呢?在别的名山胜地中,也有一些有名有姓的山峰,也有一些有名有姓的石头。但是在黄山,这种山峰和石头却多得出奇:虎头岩、郑公钓鱼台、莺谷石、碰头石、鲫鱼背、羊子过江、仙人飘海、仙桃石、蓬莱三岛、鹦哥石、飞鱼石、采莲船、孔雀戏莲花、象石、金龟望月、仙鼠跳天都、仙人下轿、仙人把洞门、姜太公钓鱼、犀牛望月、指路石、金龟探海、老僧入定、老僧观海、仙人绣花、鳌鱼吃螺蛳、容成朝轩辕、鳌背驮金鱼、仙人下棋、仙人背包、飞来钟、老翁钓鱼、梦笔生花、猪八戒吃西瓜、书箱峰、达摩面壁、仙人晒靴、老虎驮羊、天鹅孵蛋、关公挡曹、仙人铺路、太白醉酒、五老荡船、天狗望月、双猫捕鼠、苏武牧羊、老僧采药、仙人指路、喜鹊登梅、猴子捧桃,等等,等等。名目确实够繁多的了。名目之所以这样繁多,决定因素就是因为这里石头长得怪。如果不怪的话,就决不会有这样多的名目。你以为这些五花八门的名目已经把黄山的怪石都数尽了吗?不,还差得很远。如果你有时间,静坐在黄山的某一个地方,面对眼前的奇峰怪石,让自己的幻想展翅翱翔,你还可以想出一大批新鲜动人的名目。比如我们几个人在西海排云亭附近面对深涧对面的山,我看出了一座"国际饭店"。这个名字一提出,你就越看越像,像得不能再像了,我们都为这个天才的发现而狂欢。假我以时日,我们可以巧立名目,为黄山创立大批新鲜别致、不但形似而且神似的名目,再为黄山增添光彩。

在怪石中最怪的,当然要数飞来石。顾名思义,人们认为这块大石头是从天外飞来的。我们从玉屏楼到北海的路上,快到北海的时候,已经从远处看到了它。它是在一座小山峰的顶上,孑然耸立在那里。上粗下细,同山峰接触的地方只是一个点,在山风中好像摇摇欲坠,让人不禁替它捏一把汗。后来我们从北海到西海,在回去的路上,爬了上去,一直爬到峰顶上,同黄山别的山头一样,小小的一个峰顶,下临万丈深涧。看到飞来石,我们都大吃一惊:原来同峰顶连接的地方有一条缝。这样一块巨石,上粗下细,又不固定在峰顶上,怎能巍然屹立在那里,而且还不知已经屹立了多少年呢。在这漫长的时间内，谁知道它已经经历了多少狂风暴雨、山崩地震呢？而它到今天仍然是岿然不动，简直违反了物理定律。我们没有别的话可说，只能说它是奇中之奇了。

至于黄山的云海，更是我闻所未闻，见所未见。一座大山竟然有北海、西海、天海、前海、后海，这样许多海，初听时难道不真是让人不解吗？原来这些海都是云海。我从小读王维的诗："行到水穷处，坐看云起时。"觉得这个境界真是奇妙，心向往之久矣。可是活了六十多岁，也从来没能看到云起究竟是什么样子。一天，我们正在北海的一个山头上，猛回头，看到隔山的深涧忽然冒起白色的浓烟。我直觉地认为这是炊烟。但是继而一想，炊烟哪能有这样的势头呢？我才恍然：这就是云起。升起来的云彩，初时还成丝成缕，慢慢地转成一片一团，颜色由淡白转浓，最初群山的影子还隐约可见，转瞬就成了一片云海，所有的山影都被遮住，云气翻滚，宛若海涛。然而又一转瞬，被隐藏起来的山峰的影子又逐渐清晰，终于又由浓转淡，直到山峰露出了真面目，云气全消，依然青山滴翠，红日皓皓。所有这一切都发生在几分钟之内。这算不算是云海呢？旁边的人说："还不能算是真正的云海。那要大雨之后。"我只好相信他的话。但是，"慰情聊胜无"，不是比没有看到这种近似云海的景象要好得多吗？

除了上面谈的四大奇景之外，我还有一点意外的收获，那就是我在黄山看了日出。日出并没有列入黄山四奇之内，但仍然可以说是一奇。北海的曙光亭，顾名思义，就是看日出的最好的地方。几十年前，当我还年轻的时候，我曾登泰山看日出，在薄暗中，鹄候在玉皇顶上，结果除了看到一团红红的云彩之外，什么也没有看到。我只有暗自背诵姚鼐的《登泰山记》，聊以自慰：

及既上，苍山负雪，明烛天南，望晚日照城郭，汶水、徂徕如画，而半山居雾若带然。戊申晦，五鼓，与子颍坐日观亭待日出。大风扬积雪击面。亭东自足下皆云漫。稍见云中白若樗蒲数十立者，山也。极天云一线异色，须臾成五采，日上，正赤如丹，下有红光，动摇承之。或曰：此东海也。

这一次来到黄山北海，早晨天还没有亮，就有人跑着、吵着去看日出。我一骨碌爬起来，在凌晨的薄暗中摸索着爬上曙光亭，那里已经是黑鸦鸦的一团人。我挤在后面，同大家一样向着东方翘首仰望。天是晴的。但在东方的日出处，却有一线烟云。最初只显得比别处稍亮一点而已。须臾，彩云渐红，朝日露出了月牙似的一点；一转眼间，它就涌了出来，顶端是深紫色，中间一段深红，下端一大段深黄。然而立刻就霞光万道，白云为霞光所照，成了金色，宛如万朵金莲飘悬空中。

就这样，黄山的三奇，奇松、怪石、云海，还加上一个奇：日出。我在黄山，特别是在北海，都领略过了。再拿做文章来打个比方，起、承、转、合，这几大股都已做完，文章应该结束了。

然而不然，从我的感情和印象说起来，合还没有合完，文章也就不能结束。从我的激情来看，这仿佛刚才达到高潮，文章更不能就此结束了。我们原来并不想在北海住这样久。但是越住越想住，越住越不想走。三天之内，我们天天出去，天天有新的发现，大有流连忘返之意。我们最后怀着惜别的心情，离开北海的时候，我的内心如潮涌，如云起，一步三回头。我们绕过黑虎松走上后山的道路，向着云谷寺的方向走去。一路之上，流水潺潺，山风习习,蝉声相送,鸟鸣应和,苍松翠竹,映带左右。我们又像走到山阴道上,应接不暇了。但是我们走到幽篁中,闻鸟声却不见鸟,我们笑着开玩笑说,这是留客鸟,它们也惋惜我们即将离去,大有依依不舍之意呢。

此时周围清幽阒静,好像宇宙间只有我们几个人似的。但是我的内心里却又像来黄山的路上那样如波涛汹涌,遐想联翩,我想到过去游览过国内外的名山大川。我一时想到泰山,一时又想到石林。这都是天下奇秀,有口皆碑。但是我觉得,同黄山比起来,泰山有其雄伟,而无其秀丽;石林有其幽峭,而无其雄健。黄山是大则气势磅礴,神笼宇宙,小则剔透玲珑,耐人寻味。如果拿美学名词来比附的话,我们就可以说,黄山既有阳刚之美,又有阴柔之美。可谓刚柔兼,二难并,求诸天下名山,可谓超超玄箸了。

我一下子又想到中国的山水画。远山一般都只用淡墨渲染,近山则用各种的皴法。对远山的那种处理,只要在有山的地方,看到过远山的人,都会同意的,都会知道,那实际上是把自然景物,再加上点画家个人的幻想与创造,搬到了纸上来的。这不同于自然主义。这是形似而又神似。但是对近山的那些不同的皴法,则生长在北方高山不多地方的人,有时就不大容易理解,认为这不过是画家的传统手法,没有多大意思的。特别是对大涤子这样的画家,更不容易理解。今天我到了黄山,据说大涤子在这里住过,积年疑团,顿时冰释。我站在任何一个悬崖峭壁的下面,抬头仰望,注意凝视,观之既久,俨然是一幅大涤子的山水画出现在自己的眼前,我也俨然成了画中人了。但见这一幅画,笔墨恣纵,元气淋漓,皴法新颖,巨细无遗。倘若我们请天上匠作大神,来到人间,盖上一座万丈高的大厦,把这一幅大画挂在里面,不知会产生什么效果,恐怕观赏的人都会目瞪口呆、惊愕万状吧!此时,只在此时,我才真正理解中国古代山水画家,其中也包括像大涤子这样有天才、有独创性,能独辟蹊径,开一代风气的画家,都是在仔细观察自然山色,简练揣摩,融会贯通之后,然后才下笔的。他们决不是专门抄袭古人,拾古人牙慧的。

我一下子又想到,天下名山多矣,中外皆然。但是像黄山这样的名山,却真如凤毛麟角。为什么中国竟会有黄山这样的山呢?这个问题似乎非常幼稚,实际上却是发自我内心深处的一个问题。我并不觉得它有什么幼稚、可笑。古人会说,这是灵气所钟。什么又是灵气呢?灵气这东西摸不着,看不到,实在是玄妙得很。但是依我看,它又确实是存在着的。我们一到黄山,第一天晚上,坐在宾馆外深涧岸边,细听涧中水声,无意中捉到了一个萤火虫,发现它比别的地方的都大而肥壮。后来我们又发现这里的知了也比别的地方的大而肥壮,就连苍蝇也和别的地方不同,大得、壮得惊人,而在海拔近两千米的天都峰顶,天风猎猎,人站在那里都摇摇欲坠,然而却能见到苍蝇,而且都有点气魄,飞驶迅速,呼啸而过。这实在使我吃惊不小。不用灵气所钟,又怎样解释呢?世界各国都有它们灵气所钟的地方,对于这些地方,只要我能走到、看到,我都喜爱、欣赏,一视同仁,决不会有任何偏心。但是,有黄山这样灵气所钟的地方,我作为一个中国人感到无比的骄傲与幸福。我因此更热爱我们这一块土地,我更热爱我们这一个国家。我们也并不想把黄山秘而不宣,独自享受。"但愿人长久,千里共婵娟。"我也但愿世界永存,黄山永在,永远以它那无比美妙的山色,为我们提供无比美妙的怡悦。

我一下子又想到，古人说，人生要读万卷书，行万里路。又说太史公马迁周览名山大川，故其文疏宕有奇气。还有人说，唐代大书法家张旭观公孙大娘舞剑器，因而书法大进。我现在游览了黄山，将来会产生什么样的影响呢？我一非文豪，二非书法家，这影响究竟要产生在什么地方呢？不管怎样，影响终归会有的，我且拭目以待。

我就是这样一边走，一边想，一边还欣赏四周奇丽景色，不知不觉地就回到了温泉。等到我从北海返回温泉的时候，我仿佛成了一个阿丽思，我漫游了一个奇而又奇的奇境。过去一周的游踪，历历呈现在我心中。我的黄山梦于今实现了。但我并不满足于实现了梦境，而是梦得更加厉害起来。我仿佛还并没有到过真正的黄山，不，黄山对我来说，比原来还要陌生，还要奇妙，我直觉地感到，真正的黄山我还没有看到。我从北海归来，只看了黄山的皮毛。黄山的名胜真如五光十色，扑朔迷离，在那"万壑树参天，千山响杜鹃"中似乎还隐藏着什么秘密，有待于我，有待于其他人去发现，去欣赏，去惊叹。古时候有一首关于黄山的诗：

踏遍峨嵋与九嶷

无兹殊胜幻迷离

任他五岳归来客

一见天都也叫奇

我还没有历游五岳，也还没有到过峨嵋与九嶷。我对黄山、对天都叫奇，完全是很自然的。我相信，即使我有朝一日真的遍游五岳，登峨嵋，探九嶷，我再到黄山来，仍然会叫奇不绝的。

　　我来的时候,心里带来了一幅假的黄山图,它一遇到真黄山就破碎消失了。我现在离开的时候,带走了一幅真正的黄山图,虽然我还不能相信,这一幅图就是黄山的真相,但是这幅黄山图将永远留在我的心中。经过了一段时间酝酿思忖,我现在写出了我心目中的黄山。但写的过程中,我时时怀疑我这一支拙笔会玷污了黄山。古人诗说:"美人意态画不出,当时枉杀毛延寿。"我现在真觉得,"黄山意态写不出,枉费不眠数夜间"。《世说新语》任诞第三十三说:

　　　桓子野每闻清歌,辄唤:"奈何!"谢公闻之曰:"子野可谓一往有深情。"

　　这里指的是,桓子野每闻清歌,辄情动乎中。我现在面对着黄山,心中有一美妙的黄山,笔下的黄山却并不那么美妙,我也只能学一学桓子野,徒唤奈何。

一九七九年十二月九日写毕

在敦煌

刚看过新疆各地的许多千佛洞，在驱车前往敦煌莫高窟千佛洞的路上，我心里就不禁比较起来：在那里，一走出一个村镇或城市，就是戈壁千里，寸草不生；在这里，一离开柳园，也是平野百里，禾稼不长，然而却点缀着一些骆驼刺之类的沙漠植物，在一片黄沙中绿油油地充满了生意，看上去让人不感到那么荒凉、寂寞。

我们就是走过了数百里这样的平野，最终看到一片葱郁的绿树，隐约出现在天际，后面是一列不太高的山冈，像是一幅中国水墨山水画。我暗自猜想：敦煌大概是快到了。

果然是敦煌到了。我对敦煌真可以说是"久仰大名，如雷贯耳"了。我在书里读到过敦煌，我听人谈到过敦煌，我也看过不知多少敦煌的绘画和照片。几十年梦寐以求的东西如今一下子看在眼里，印在心中，"相见翻疑梦"，我似乎有点怀疑，这是否是事实了。

敦煌毕竟是真实的。它的样子同我过去看过的照片差不多，这些我都是很熟悉的。此处并没有崇山峻岭、幽篁修竹，有的只不过是几个人合抱不过来的千岁老榆，高高耸入云天的白杨，金碧辉煌的牌楼，开着黄花、红花的花丛。放在别的地方，这一切也许毫无动人之处；然而放在这里，给人的印象却是沙漠中的一个绿洲，戈壁滩上的一颗明珠，一片淡黄中的一点浓绿，一个不折不扣的世外桃源。

至于千佛洞本身，那真是琳琅满目，美不胜收，五光十色，云蒸霞蔚。无论用多么繁缛华丽的语言文字，不管这样的语言文字有多少，也是无法描绘，无法形容的。这里用得上一句老话了："只能意会，不能言传。"洞子共有四百多个，大的大到像一座宫殿，小的小到像一个佛龛。几乎每一个洞子里都画着千佛的像。洞子不论大小，墙壁不论宽窄，无不满满地画上了壁画。艺术家好像决不吝惜自己的精力和颜料，决不吝惜自己的光阴和生命，把墙壁上的每一点空间，每一寸空隙，都填得满满的，多小的地方，他们也决不放过。他们前后共画了一千年，不知流出了多少汗水，不知耗费了多少心血，才给我们留下了这些动人心魄的艺术瑰宝。有的壁画，就暴露在光天化日之下，经过了一千年的风吹、雨打、日晒、沙浸，但彩色却浓郁如新，鲜艳如初。想到我们先人的这些业绩，我们后人感到无比的兴奋、震惊、感激、敬佩，这难道不是很自然吗？

我们走进了洞子，就仿佛走进了久已逝去的古代世界，甚至古代的异域世界；仿佛走进了神话的世界，童话的世界。尽管洞内洞外，一点声音都没有，但是看到那些大大小小的雕塑，特别是看到墙上的壁画：人物是那样繁多，场面是那样富丽，颜色是那样鲜艳,技巧是那样纯熟,我们内心里就不禁感到热闹起来。我们仿佛亲眼看到释迦牟尼从兜率天上骑着六牙白象下降人寰,九龙吐水为他洗浴,一生下就走了七步,口中大声宣称:"天上天下,唯我独尊。"我们仿佛看到他读书、习艺。他力大无穷,竟把一只大象抛上天空,坠下时把土地砸了一个大坑。我们仿佛看到他射箭,连穿七个箭靶。我们仿佛看到他结婚,看到他出游,在城门外遇到老人、病人、死人与和尚,看到他夜半乘马逾城逃走,看到他剃发出家。我们仿佛看到他修苦行,不吃东西,修了六年,把眼睛修得深如古井。我们又仿佛看到他翻然改变主意,毅然放弃了苦行,吃了农女献上的粥,又恢复了精力,走向菩提树下,同恶魔波旬搏斗,终于成了佛。成佛后到处游行,归示,度子,年届八旬,在双林涅槃。使我们最感兴趣、给我们印象最深的是那许许多多的涅槃的画。释迦牟尼已经逝世,闭着眼睛,右胁向下躺在那里。他身后站着许多和尚和俗人。前排的人已经得了道,对生死漠然置之,脸上毫无表情地站在那里。后排的人,不管是国王、各族人民,还是和尚、尼姑,因为道行不高,尘欲未去,参不透生死之道,都嚎啕大哭,有的捶胸,有的打头,有的击掌,有的顿足,有的撕发,有的裂衣,有的甚至昏倒在地。我们真仿佛听到哭声震天,看到泪水流地,内心里不禁感到震动。最有趣的是外道六师,他们看到主要敌手已死,高兴得弹琴、奏乐、手舞、足蹈。在盈尺或盈丈的墙壁上,宛然一幅人生哀乐图。这样的宗教画,实际上是人世社会的真实描绘。把千载前的社会现实,栩栩如生地搬到我们今天的眼前来。

在很多洞子里,我们又仿佛走进了西方的极乐世界,所谓净土。在这个世界里,阿弥陀佛巍然坐在正中。在他的头上、脚下、身躯的周围画着极乐世界里各种生活享受:有伎乐,有舞蹈,有杂技,有饮馔。好像谁都不用担心生活有什么不足,衣来伸手,饭来张口。而且这些饮食和衣服,都用不着人工去制作。到处长着如意神树,树枝子上结满了各种美好的饮食和衣物,要什么,有什么,只需一伸手一张口之劳,所有的愿望就都可以满足了。小孩子们也都兴高采烈,他们快乐得把身躯倒竖起来。到处都是美丽的荷塘和雄伟的殿阁,到处都是快活的游人。这些人同我们这些凡人一样,也过着世俗的生活。他们也结婚。新郎跪在地上,向什么人叩头。新娘却站在那里,羞答答不肯把头抬。许多参加婚礼的客人在大吃大喝。两只鸿雁站在门旁。我早就读过古代结婚时有所谓"奠雁"的礼节,却想不出是什么情景。今天这情景就摆在我眼前,仿佛我也成了婚礼的参加者了。他们也有老死。老人活过四万八千岁以后,自己就走到预先盖好的坟墓里去。家人都跟在他后面,生离死别。虽然也有人磕头涕哭,但是总起来看,脸上的表情却都是平静的、肃穆的,好像认为这是人生规律,无所用其忧戚与哀悼。所有这一切世俗生活的绘画,当然都是用来宣扬一个主题思想:不管在什么样的生活环境中,只要一心念阿弥陀佛,就可以往生净土,享受天福。这当然都是幻想,甚至是欺骗。但是艺术家的态度是认真的,他们的技巧是惊人的。他们仔细地描,小心地画,结果把本是虚无缥缈的东西画得像真实的事物一样,生动活泼地、毫不含糊地展现在我们眼前,让我们对于历史得到感性认识,让我们得到奇特美妙的艺术享受。艺术家可能真正相信这些神话,但是这对我们是无关重要的,重要的是他们的画。这些画画得充满了热情,而且都取材于现实生活。在世界各国的历史上,所有的神仙和神话,不管是多么离奇荒诞,他们的模特儿总脱离不开人和人生,艺术家通过神仙和神话,让过去的人和人生重现在我们眼前。我们探骊得珠,于愿已足,还有什么可以强求的呢?

最使我吃惊的是一件小事:在这富丽堂皇的极乐世界中,在巍峨雄伟的楼台殿阁里,却忽然出现了一只小小的老鼠,鼓着眼睛,尖着尾巴,用警惕狡诈的目光向四下里搜寻窥视,好像见了人要逃窜的样子。我很不理解,为什么艺术家偏偏在这个庄严神圣的净土里画上一只老鼠。难道他们认为,即使在净土中,四害也是难免的吗? 难道他们有意给这万人向往的净土开上一个小小的玩笑吗? 难道他们有意表示即使是净土也不是百分之百的纯洁吗?我们大家都不理解,经过推敲与讨论,仍然是不理解。但是我们都很感兴趣,认为这位艺术家很有勇气,决不因循抄袭,决不搞本本主义,他敢于石破天惊地去创造。我们对他都表示敬意。

在许多洞子里,我们还看到了许多经变,什么法华经变,楞伽经变,金光明经变,如此等等。艺术家把经中的许多章节,不是根据经文,而是根据变文,用绘画的形式表现出来。在这些经变里,《法华经·普门品》似乎是最受欢迎的一品。《普门品》说,谁要是一心称观世音菩萨的名,入大火,大火不能烧;入大水,大水不能漂;入海求宝遇到黑风,船飘堕罗刹国,可以解脱罗刹之难;遭迫害临刑,刑刀段段坏;女子求生男孩,就可以生福德智慧之男;求生女孩,就可以生端正有相之女。总之,威灵显赫,有求必应。画上最多的是临刑刀寸寸断的情景。这似乎是最能形象地表现观音菩萨的法力的一个题材。但是我们也可以看到许多描绘人民生活和生产的情景。一个农民赶着耕牛去耕地。许多小手工业者坐在那里制作什么东西。人们在家里面安静地宴客。人们在花园中游乐。人们到灞桥去送别亲友，折杨柳为赠。我曾在不知多少唐诗中读到这情景，今天才第一次在绘画上看到。最有意思的、最耐人寻味的是许多绘画，画的是人们大便的情况，刷牙的情景。据我所知道的，在世界各国任何时代的任何绘画中都难找到这样的绘画。这好像也成了绘画的禁区。然而我们的艺术家却有勇气冲破这不成文而事实上却存在的禁区，把这种细微并不那么太雅观的情景画给我们看。除了佩服以外，我还能说些什么呢？此外，描绘舞蹈的场面和杂技的场面，也是非常动人的。一个个乐队，一个个乐工，手中执着各种各样的乐器，什么箫、笛、筝、琴、箜篌、排箫、阮咸、琵琶，还有尺八，神情是这样逼真，人物是这样细致，我们耳中仿佛能听到各种乐器和谐的弹奏声，静静的洞了一时喧阗起来。舞蹈的场面也很动人。男女舞人，翩翩起舞，有人甩着长大的袖子，有人动作非常强烈，所谓"胡旋舞"大概就是这个样子吧。我们看到的虽然不是真正的舞蹈，而只是绘画，但是我们也恍然感到"观者如山色沮丧，天地为之久低昂。㸌如羿射九日落，矫如群帝骖龙翔。来如雷霆收震怒，罢如江海凝清光"。至于杂技，更是动人心魄。一个演员站在那里，头上顶着长竿，竿顶上站着一个人，人头顶上还站着一个小孩子。看那摇摇欲坠的样子，我们不禁为画上的古人担忧起来。然而，不要怕，两旁还站着两个人哩。他们好像是为了防备万一而站在那里。虽然都戴着纱帽，斯斯文文的，看来好像也蛮有把握。我们可以放心了。前面坐着一些人，这大概就是观众。画面上人数不算多，但看上去却热闹得很。在古代文化交流中，音乐、舞蹈和杂技，好像是占着突出的地位。在新疆的许多千佛洞中，这样的场面也是随时可见的。

在所有的经变中，《维摩诘经变》是最常见的。这一部经在唐代大概是非常流行、非常受欢迎的。唐代的一个姓王的大诗人，取名维，字摩诘，合起来就是维摩诘，就是一个很好的证明。我们在很多洞子里，都看到关于维摩诘的壁画。尽管大小不同，洞子不同，但是他的形象却基本上是一致的。维摩诘手执麈尾或者扇子，傲然地斜坐在一张床上，眼神嘴角流露出一副能言善辩、轻蔑藐视的神态。这一部经本身就是一部很好的长篇小说，讲的是一个佛教的居士，名叫维摩诘，唐玄奘译为无垢称。他深通佛法，辩才无碍。有一次他病了，如来佛派大弟子舍利弗去问疾。舍利弗吃过他辩才的苦头，有点发怵不敢去。佛又派大目犍连、大迦叶、须菩提、富楼那多罗尼子、摩诃迦旃延、阿那律、优波离、罗睺罗、阿难、弥勒菩萨、善德等等去，但是谁也没有胆量去。最后文殊师利膺命前往。维摩诘以神力空其室内，只留下了一张床，他生病坐在上面。于是二人展开了一场辩才战。诸菩萨、大弟子、群释、四天王等都赶来瞧热闹。后来舍利弗和大迦叶也赶了来。最后文殊师利和维摩诘一起来见佛。这一篇小说似的经文以如来把正法付嘱于弥勒佛而结束。小说本身内容很丰富，辩论很激烈，描绘很生动，对话很犀利。壁画更发展了这一部经文，把故事画得热闹非常、生动活泼，具有极大的感染力。维摩诘仿佛就要从床上站立起来，而且要走下墙来，同我们展开一场唇枪舌战……

在许多洞子里，除了神话故事以外，还画着许多世俗画。开洞的窟主往往把自己以及一家人都画在墙上。有时候画上一队男官人，前面的几个都是秃头和尚；一队贵妇前面几个是秃头的尼姑。这是本家族里面出家的人，是他们的光荣，是他们的骄傲，所以才被画在前面。这些男女贵人排成队,好像要向佛爷走去。他们为什么要把自己的像画在这千佛洞里呢?是为了宗教功德吗,还是为了永垂不朽?恐怕二者都有一点吧。最引人注目的是《张义潮出游图》。唐代这个独霸一方的大军阀、大官僚,在河西一带很有势力,很有影响,他一跺脚,整个河西走廊都会震动。他的家族开凿了不少的洞子,在一个洞子里就画着自己出游的情景。他自己巍然骑在马上,前面是部队开路,也都骑着马,有的手里拿着乐器,有的手里举着旗帜。拿乐器的正在猛吹猛奏,好像是要行人回避,也好像是在为军容壮声威。后面跟着的是成群的扈从,都是宽衣博带、雍容华贵。乐器中除了喇叭等之外,还有画角。我从小念唐诗,不知多少次碰到"画角"这个字眼,但是始终没有见过画角是什么样子。今天见面,宛如故友重逢,感到分外亲切。总之,这一幅一千多年前的出游行乐图,彩色鲜艳地、生动活泼地摆在我们眼前。当时的情景跃然壁上。我们今天站在下面看壁画的人,恍惚间成了当时站在路旁的旁观者,看人马杂沓,车如流水,乐声喧腾,尘土飞扬,好像正从墙壁的一端走向另一端,转瞬即逝。

在一个洞子里,我们还看到一幅巨大的《五台山图》。既然是五台山,当然与宣扬文殊菩萨是分不开的。但是我们今天看到的却是一幅用绘画形式表现出来的地图和人民生活图。这幅图上画的是从镇州(正定)一直到并州(太原)旅途的情景。这条绵延数百里的路是同绵延数百里的五台山分不开的。这座大山峰峦起伏,山头林立,宛如雨后的春笋一般。山上的名刹都画出了房舍,标出了名字。山下则是一条商路。商人们熙熙攘攘,车水马龙,牲口背上驮着货物,匆匆忙忙向前趱行。旅途是遥远的,就必然要有住宿的客店。于是在图上许多地方都画着客店。店主人、店小二在热情地招呼客人，客人则是出出进进，热闹非常。我们今天的中国青年，甚至中年老年，习惯于住北京饭店、国际饭店一类的高楼大厦，对古代商人旅人行路困难丝毫没有认识。读到"鸡声茅店月，人迹板桥霜"，还有什么"夕阳西下，断肠人在天涯"，也许还能引起一些遐思，但是决不会引起同情，我们对那种生活已经非常非常有隔膜了。但是这一幅《五台山图》，会把我们带回到当年的生活环境中去，让我们做一个思古的梦。从这个意义上来讲，这一幅壁画无疑是我们的国宝之一。当年有一个帝国主义国家要出十万美元，收买这一幅壁画，没有得逞，否则我们的这件国宝早已到了波士顿博物馆之类的地方去了。岂不惜哉！

在另外一些洞子里，我们还看到一些和尚西行求法的壁画。这也是必然的。开凿这些洞子主要是为了宣扬佛教。"千佛洞"这个名词本身就说明了一切。佛教来自印度，这里画着许多出生在印度的佛爷和菩萨，是很自然的。但是如果没有中国和尚到印度去取经，没有印度和尚到中国来送经，佛教是决不会自己走了来的。因此，我们总是期望，在某一些洞子里能够看到中国西行求法的和尚。事实上也正是这样，我们看到了，而且看到的还不少。一提到西行求法，谁都会立刻就想到唐代高僧玄奘。在一个洞子里，我们确实看到了唐僧取经的壁画。这是一幅水月观音的巨大的壁画，水月观音巨大的身躯几乎占满了全壁。他身上衣着金碧辉煌，头上冠冕富丽堂皇。令人吃惊的是，他嘴上居然还留着一撮小胡子。他神态倨傲又慈悲，伸脚坐在那里。在壁画的右下角一块小小的地方画着玄奘，双手合十站在一个悬崖上，面向水月观音，好像就正向他致敬。他身后是大徒弟孙悟空，手里牵着那

一匹小白龙变成的马。二徒弟猪八戒和三徒弟沙僧跑到哪里去
了呢？看样子他们并没有去寻山探路,也不是去托钵求斋,他们
还站在壁画外面,正在向着壁画里走哩。

　　同求法高僧有联系的是商人。宗教按理说是出世的,和尚尼
姑是不许触摸金银的。而"商人重利轻别离",他们总是想赚大钱
的。他们之间是风马牛不相及的,哪里会有什么联系呢？但是所
有在中国境内的千佛洞都是开凿在丝绸之路沿线的, 丝绸之路
顾名思义是一条商业大道。这就有力地说明了二者间的密切关
系。在印度佛教史上,从佛祖释迦牟尼开始,就同商人有亲密的
往来,和尚和商人,不但相辅相成,而且相依为命。所以丝绸之
路,同时也是宗教之路。中国、印度和其他国家的高僧很大一部
分是走丝绸之路来往的。因此,在千佛洞里除了求法高僧外,看
到商人的壁画,也是很自然的。在新疆拜城克孜尔千佛洞中,我
曾在一壁佛画的中间一小块空隙中看到一个穿伊朗服装的商
人,赶着几匹骆驼,上面驮着中国出产的丝,正在走路的样子。一
个佛爷站在旁边, 好像把自己的右手的两个指头像点蜡烛一样
点了起来,发出万丈光芒,照亮了丝绸之路。这幅壁画的用意是
再清楚不过的,这里用不着多说。在敦煌的千佛洞里,丝绸之路
也有所表现。贩运丝绸的中外商人,赶着骆驼和马,向西方迈进。
沙路茫茫,前途万里,而商人毫不气馁。有的地方画着商人在路
上走路的情况。路大概是很难走,马走得乏了,再也不想前进,于
是一个商人在前面用力牵, 另一个商人在后面拼命地用鞭子抽
打,人忙马嘶的情景宛在目前,宛在耳边。还有不少地方画着商
人遇劫的情况。一些绿林豪客手执明晃晃的钢刀,耀武扬威地挡
在那里。商人们则卑躬屈膝,甚至跪在地上求饶,觳觫之状可掬,

他们仿佛是在对话,声音就响在我们耳边。可见,虽然有佛光照亮万里长途,但人间毕竟是人间,行路难之叹,唐代诗人早就发出来了,何况是漫漫数万里呢？至于海上商路,虽然不在丝绸之路上,但是我们的艺术家也不放过。我们在几个地方都看到航海的商船。船并不大,上面画着几个人,好像就已经把船占满了,有点象征主义的味道。但是船外的海涛决不含糊地告诉我们,这是漂洋过海的壮举。为什么在万里之外的甘肃新疆大沙漠里,竟然画到海上贸易呢？这一点,我还不十分清楚。也还要推敲而且研究。

总之,洞子共有四百多个,壁画共有四万多平方米,绘画的时间绵延了一千多年,内容包括了天堂、净土、人间、地狱、华夏、异域、和尚、尼姑、官僚、地主、农民、工人、商人、小贩、学者、术士、妓女、演员、男、女、老、幼,无所不有。在短短的几天之内,我仿佛漫游了天堂、净土,漫游了阴司、地狱,漫游了古代世界,漫游了神话世界,走遍了三千大千世界,攀登神山须弥山,见到了大梵天、因陀罗,同四大天王打过交道,同牛首马面有过会晤,跋涉过迢迢万里的丝绸之路,飘渡烟波浩渺的大海大洋,看过佛爷菩萨的慈悲相,听维摩诘的辩才无碍。我脑海里堆满色彩缤纷的众生相,错综重叠,突兀峥嵘,我一时也清理不出一个头绪来。在短短几天之内,我仿佛生活了几十年。在过去几十年中,对于我来说是非常抽象的东西,现在却变得非常具体了。这包括文学、艺术、风俗、习惯、民族、宗教、语言、历史等等领域。我从前看到过唐代大画家阎立本的帝王图,李思训的金碧山水,宋朝朱襄阳朱点山水,明朝陈老莲的人物画,大涤子的山水画,曾经大大地惊诧于这些作品技巧之完美,意境之深邃,但在敦煌壁画上,这些都似乎是司空见惯，到处可见。而且敦煌壁画还要胜它们一筹：在这里，浪漫主义的气氛是非常浓的。有的画家竟敢画一个乐队，而不画一个人，所有的乐器都系在飘带上，飘带在空中随风飘拂，乐器也就自己奏出声音，汇成一个气象万千的音乐会。这样的画在中国绘画史上，甚至在别的国家的绘画史上能够找得到吗？

不但在洞子里我们好像走进了久已逝去的古代世界，就是在洞子外面，我们倘稍不留意，就恍惚退回到历史中去。我们游览国内的许多名胜古迹时，总会在墙壁上或树干上看到有人写上的或刻上的名字和年月之类的字，什么某某人何年何月到此一游。这种不良习惯我们真正是已经司空见惯，只有摇头苦笑。但要追溯这种行为的历史那恐怕是古已有之了。《西游记》上记载着如来佛显示无比的法力，让孙悟空在自己的手掌中翻筋斗，孙悟空翻了不知多少十万八千里的筋斗，最后翻到天地尽头，看到五根肉红柱子，撑着一股青气。为了取信于如来佛，他拔下一根毫毛，吹口仙气，叫"变"，把它变作一管浓墨双毫笔。在那中间柱子上写一行大字云："齐天大圣，到此一游。"还顺便撒了一泡猴尿。因此，我曾想建议这一些唯恐自己的尊姓大名不被人知、不能流传的善男信女，倘若组织一个学会时，一定要尊孙悟空为一世祖。可是在敦煌，我的想法有些变了。在这里，这样的善男信女当然也不会绝迹。在墙壁上题名刻名到处可见，这些题刻都很清晰，仿佛是昨天才弄的。但一读其文，却是康熙某年，雍正某年，乾隆某年，已经是几百年以前的事了。当我第一次看到的时候，我不禁一愣：难道我又回到康熙年间去了吗？如此看来，那个国籍有点问题的孙悟空不能专"美"于前了。

我们就在这样一个仿佛远离尘世的弥漫着古代和异域气氛的沙漠中的绿洲中生活了六天。天天忙于到洞子里去观看,天天脑海里塞满了五光十色、丰富多彩的印象,塞得是这样满,似乎连透气的空隙都没有。我虽局处于斗室之中, 却神驰于万里之外;虽局限于眼前的时刻之内,却恍若回到千年之前。浮想联翩,幻影沓来,是我生平思想最活跃的几天。我曾想到,当年的艺术家们在这样阴暗的洞子里画画,是要付出多么大的精力啊! 我从前读过一部什么书,大概是美术史之类的书,说是有一个意大利画家,在一个教堂内圆顶天篷上画画,因为眼睛总要往上翻,画了几年之后,眼球总往上翻,再也落不下来了。我们敦煌的千佛洞比意大利大教堂一定要黑暗得多,也要狭小得多,今天打着手电,看洞子里的壁画,特别是天篷上藻井上的画,线条纤细,着色繁复,看起来还感到困难,当年艺术家画的时候,不知道有多少困难要克服。周围是茫茫的沙碛,夏天酷暑,而冬天严寒,除了身边的一点浓绿之外,放眼百里惨黄无垠。一直到今天,饮用的水还要从几十里路外运来,当年情况更可想而知。在洞子里工作,他们大概只能躺在架在空中的木板上,仰面手执小蜡烛,一笔一笔地细描细画。前不见古人,我无法见到那些艺术家了。我不知道他们的眼睛也是否翻上去再也不能下来。我不知道是一种什么力量在支撑着他们,在那样艰苦的条件下给我们留下了这样优美的杰作,惊人的艺术瑰宝。我们真应该向这些艺术家们致敬啊!

我曾想到,当年中国境内的各个民族在这一带共同劳动,共同生活,有的赶着羊群、牛群、马群,逐水草而居,辗转于千里大漠之中;有的在沙漠中一小块有水的土地上辛勤耕耘, 努力劳作。在这里,水就是生命,水就是幸福,水就是希望,水就是一切,有水斯有土,有土斯有禾,有禾斯有人。在这样的环境中,只有互相帮助,才能共同生存。在许多洞子里的壁画上,只要有人群的地方,从人们的面貌和衣着上就可以看到这些人是属于种种不同的民族的。但是他们却站在一起,共同从事什么工作。我认为,连开凿这些洞的窟主,以及画壁画的艺术家都决不会出于一个民族。这些人今天当然都已经不在了。人们的生存是暂时的,民族之间的友爱是长久的。这一个简明朴素的真理,一部中国历史就可以提供证明。我们生活在现代,一旦到了敦煌,就又仿佛回到了古代。民族友爱是人心所向,古今之所同。看了这里的壁画,内心里真不禁涌起一股温暖幸福之感了。

我又曾想到,在这些洞子里的壁画上,我们不但可以看到中国境内各个民族的人民,而且可以看到沿丝绸之路的各国的人民,甚至离开丝绸之路很远的一些国家的人民。比如我在上面讲到如来佛涅槃以后,许多人站在那里悲悼痛苦,这些人有的是深目高鼻,有的是颧骨高而眼睛小,他们的衣着也完全不同。艺术家可能是有意地表现不同的人民的。当年的新疆、甘肃一带,从茫昧的远古起,就是世界各大民族汇合的地方。世界几大文明古国,中国、印度、希腊的文化在这里汇流了。世界几大宗教,佛教、伊斯兰教、基督教在这里汇流了。世界的许多语言,不管是属于印欧语系,还是属于其他语系也在这里汇流了。世界上许多国家的文学、艺术、音乐,也在这里汇流了。至于商品和其他动物植物的汇流更是不在话下。所有这一切都在洞子里留下不可磨灭的痕迹。遥想当年丝绸之路全盛时代,在绵延数万里的路上,一定是行人不断,驼、马不绝。宗教信徒、外交使节、逐利商人、求知学子,各有所求,往来奔波,绝大漠,越流沙,轻万生以涉葱河,重一言而之奈苑,虽不能达到摩肩接踵的程度,但盛况可以想见。到了今天,情势改变了,大大地改变了。出现在我们眼前的是流沙漫漫,黄尘滚滚,当年的名城——瓜州、玉门、高昌、交河,早已沦为废墟,只留下一些断壁颓垣,孤立于西风残照中,给怀古的人增添无数的诗料。但是丝路虽断,他路代兴,佛光虽减,人光有加,还留下像敦煌莫高窟这样的艺术瑰宝,无数的艺术家用难以想象的辛勤劳动给我们后人留下这么多的壁画、雕塑,供我们流连探讨,使世界各国人民惊叹不置。抚今追昔,我真感到无比的幸福与骄傲,我不禁发思古之幽情,觉今是昨亦是,感光荣于既往,望继承于来者,心潮起伏,感慨万端了。

薄暮时分,带着那些印象,那些幻想,怀着那些感触,一个人走出了招待所去散步。我走在林荫道上,此时薄霭已降,暮色四垂。朱红的大柱子,牌楼顶上碧色的琉璃瓦,都在熠熠地闪着微光。远处沙碛没入一片迷茫中,少时月出于东山之上,清光洒遍了山头、树丛,一片银灰色。我周围是一片寂静。白天里在古榆的下面还零零落落地坐着一些游人,现在却空无一人。只有小溪中潺潺的流水间或把这寂静打破。我的心蓦地静了下来,仿佛宇宙间只有我一个人。我的幻想又在另一个方面活跃起来。我想到洞子里的佛爷,白天在闭着眼睛睡觉,现在大概睁开了眼睛,连涅槃了的如来也站了起来。那许多商人、官人、菩萨、壮汉,白天一动不动地站在墙壁上,任人指指点点,品头论足。现在大概也走下墙壁,在洞子里活动起来了。那许多奏乐的乐工吹奏起乐器,舞蹈者、演杂技者,也都摆开了场地,表演起来。天上的飞天当然更会翩翩起舞,洞子里乐声悠扬,花雨缤纷。可惜我此时无法走进洞子,参加他们的大合唱。只有站在黑暗中望眼欲穿,倾耳聆听而已。

在寂静中,我又忽然想到在敦煌创业的常书鸿同志和他的爱人李承仙同志,以及其他几十位工作人员。他们在这偏僻的沙漠里,忍饥寒,斗流沙,艰苦奋斗,十几年,几十年,为祖国,为人民立下了功勋,为世界上爱好艺术的人们创造了条件。敦煌学在世界上不是已经成为一门热门学科了吗?我曾到书鸿同志家里去过几趟。那低矮的小房,既是办公室、工作室、图书室,又是卧室、厨房兼餐厅。在解放了三十年后的今天,生活条件尚且如此之不理想,谁能想象在解放前那样黑暗的时代,这里艰难辛苦会达到何等程度呢?门前那院子里有一棵梨树。承仙同志告诉我,他们在将近四十年前初到的时候,这棵梨树才一点点粗,而今已经长成了一棵粗壮的大树,枝叶茂密,青翠如碧琉璃,枝上果实累累,硕大无比。看来正是青春妙龄,风华正茂。然而看着它长起来的人却垂垂老矣。四十年的日日夜夜在他们身上不可避免地会留下了痕迹。然而,他们却老当益壮,并不服老,仍然是日夜辛勤劳动。这样的人难道不让我们每个人都油然而起敬佩之情吗?

我还看到另外一个人的影子,在合抱的老榆树下,在如茵的绿草丛中,在没入暮色的大道上,在潺潺流水的小河旁。它似乎向我招手,向我微笑,"翩若惊鸿,婉如游龙;荣曜秋菊,华茂春松"。这影子真是可爱极了。我是多么急切地想捉住它啊!然而它一转瞬就不见了。一切都只是幻影。剩下的似乎只有宇宙和我自己。

剩下我自己怎么办呢?我真是进退两难,左右拮据。在敦煌,在千佛洞,我就是看一千遍一万遍也不会餍足的。有那样桃源仙

境似的风光,有那样奇妙的壁画,有那样可敬的人,又有这样可
爱的影子。从我内心深处,我真想长期留在这里,永远留在这里。
真好像在茫茫的人世间奔波了六十多年才最后找到了一个归
宿。然而这样做能行得通吗?事实上却是办不到的。我必须离开
这里。在人生中,我的旅途远远不到结束的时候,我还不能停留
在一个地方。在我前面,可能还有深林、大泽、崇山、幽谷,有阳关
大道,有独木小桥。我必须走上前去,穿越这一切。现在就让我把
自己的身躯带走,把心留在敦煌吧。

一九七九年十月九日初稿
一九八〇年三月三日定稿

富春江上

记得在什么诗话上读到过两句诗：

> 到江吴地尽
> 隔岸越山多

诗话的作者认为是警句，我也认为是警句。但是当时我却只能欣赏诗句的意境，而没有丝毫感性认识。不意我今天竟亲身来到了钱塘江畔富春江上。极目一望，江水平阔，浩渺如海；隔岸青螺数点，微痕一抹，出没于烟雨迷濛中。"隔岸越山多"的意境我终于亲临目睹了。

钱塘、富春都是具有诱惑力的名字。实际的情况比名字更有诱惑力。我们坐在一艘游艇上。江水青碧，水声淙淙。艇上偶见白鸥飞过，远处则是点点风帆。黑色的小燕子在起伏翻腾的碎波上贴水面飞行，似乎是在努力寻觅着什么。我虽努力探究，但也只见它们忙忙碌碌，匆匆促促，最终也探究不出，它们究竟在寻觅什么。岸上则是点点的越山，飞也似的向艇后奔。一点消逝了，又出现了新的一点，数十里连绵不断。难道诗句中的"多"字表现的就是这个意境吗？

眼中看到的虽然是当前的景色，但心中想到的却是历史的人物。谁到了这个吴越分界的地方不会立刻就想到古代的吴王夫差和越王勾践的冲突呢？当年他们钩心斗角互相角逐的情景，今天我们已经无从想象了。但是乱箭齐发、金鼓轰鸣的搏斗总归是有的。这种鏖兵的情况同这样的青山绿水无论如何也不能协调起来。人世变幻，今古皆然。在人类前进的程途上，这些都是不可避免的。但青山绿水却将永在。我们今天大可不必庸人自扰，为古人担忧，还是欣赏眼前的美景吧！

但是，我的幻想却不肯停止下来。我心头的幻想，一下子又变成了眼前的幻象。我的耳边响起了诗僧苏曼殊的两句诗：

春雨楼头尺八箫
何时归看浙江潮

这里不正是浙江钱塘潮的老家吗？我平生还没有看到浙江潮的福气。这两句诗我却是喜欢的，常常在无意中独自吟咏。今天来到钱塘江上，这两句诗仿佛是自己来到了我的耳边。耳边诗句一响，眼前潮水就涌了起来：

怒声汹汹势悠悠
罗刹江边地欲浮

漫道往来存大信

也知反复向平流

狂抛巨浸疑无底

猛过西陵似有头

至竟朝昏谁主掌

好骑赪鲤问阳侯

　　但是，幻象毕竟只是幻象。一转瞬间，"怒声汹汹"的江涛就消逝得无影无踪，眼前江水平阔，浩渺如海，隔岸青螺数点，微痕一抹，出没于烟雨迷濛中。

　　可是竟完全出我意料：在平阔的水面上，在点点青螺上，竟又出现了一个影子。它飘浮飞驶，"翩若惊鸿，婉如游龙"，时隐时现，若即若离，追逐着海鸥的翅膀，跟随着小燕子的身影，停留在风帆顶上，飘动在波光潋滟中。我真是又惊又喜。"胡为乎来哉？"难道因为这里是你的家乡才出来欢迎我吗？我想抓住它，这当然是不可能的。我想正眼仔细看它一看；这也是不可能的。但它又不肯离开我，我又不能不看它。这真使我又是兴奋，又是沮丧；又是希望它飞近一点，又希望它离远一点。我在徒唤奈何中看到它飘浮飞动，定睛敛神，只看到青螺数点，微痕一抹，出没于烟雨迷濛中。

　　我们就这样到了富阳。这是我们今天艇游的终点。我们舍舟登陆，爬上了有名的鹳山。山虽不高，但形势极好。山上层楼叠阁，曲径通幽，花木扶疏，窗明几净。我们登上了春江第一楼，凭窗远望，富春江景色尽收眼底。因为高，点点风帆显得更小了，而水上的小燕子则小得无影无踪。想它们必然是仍然忙忙碌碌地在那里飞着,可惜我们一点也看不着,只能在这里想象了。山顶上树木参天,森然苍蔚。最使我吃惊的是参天的玉兰花树,碗大的白花在绿叶丛中探出头来,同北地的玉兰花一比,大小悬殊,颇使我这个北方人有点目瞪口呆了。

在山边上有座石壁下是名闻天下的严子陵钓台。宋朝大诗人苏东坡写的四个大字:登云钓月,赫然镌刻在石壁上。此地距江面相当远,钓鱼无论如何是钓不着的。遥想两千多年前,一个披着蓑衣的老头子,手持几十丈长的钓竿,垂着几十丈长的钓丝,孤零一个人,蹲在这石壁下,等候鱼儿上钩,一动也不动,宛如一个木雕泥塑。这样一幅景象,无论如何也难免有滑稽之感。古人说:姑妄言之姑听之,过分认真,反会大煞风景。难道宋朝的苏东坡就真正相信吗?此地自然风光,天下独绝,有此一个传说,更会增加自然风光的妩媚,我们就姑妄听之吧!

两年前,我曾畅游黄山。那里景色之奇丽瑰伟,使我大为惊叹。窃念大化造物,天造地设,独垂青于中华大地。我觉得生为一个中国人,是十分幸福的,是非常值得骄傲的。今天我又来到了富春江上。这里景色明丽,秀色天成,同样是美,但却与黄山形成了鲜明的对照。如果允许我借用一个现成的说法的话,那么一个是阳刚之美,一个是阴柔之美。刚柔不同,其美则一,同样使我惊叹。我们祖国大地,江山如此多娇,我的幸福之感,骄傲之感,更油然而生。我眼前的富春江在我眼中更增加了明丽,更增加了妩媚,仿佛是一条天上的神江了。

在这里,我忽然想到唐代诗人孟浩然的一首著名的诗《宿桐庐江寄广陵旧游》:

山暝听猿愁

沧江急夜流

风鸣两岸叶

月照一孤舟

建德非吾土

维扬忆旧游

还将两行泪

遥寄海西头

　　孟浩然说"建德非吾土",在当时的情况下,这种心情是容易理解的。他忆念广陵,便觉得建德非吾土。到了今天,我们当然不会再有这样的感觉了。我觉得桐庐不但是"吾土",而且是"吾土"中的精华。同黄山一样,有这样的"吾土"就是幸福的根源。非吾土的感觉我是有过的。但那是在国外,比如说瑞士。那里的山水也是十分神奇动人的,我曾为之颠倒过,迷惑过。但一想到"山川信美非吾土",我就不禁有落寞之感。今天在富春江上,我丝毫也不会有什么落寞之感。正相反,我是越看越爱看,越爱看便越觉得幸福,在这风物如画的江上,我大有手舞足蹈之意了。

　　我当然也还感到有点美中不足。我从小就背诵梁代大文学家吴均的一篇名作《与朱元思书》。这封信里描绘的正是富春江的风景:

　　风烟俱净,天山共色。从流飘荡,任意东西。自富阳至桐庐,一百许里,奇山异水,天下独绝。

　　下面就是对这"奇山异水"的描绘,那确是非常动人的。然而他讲的是"自富阳至桐庐",我今天刚刚到了富阳,便戛然而止。好像是一篇绝妙的文章,只读了一个开头。这难道不是天大的憾事吗?然而,这一件憾事也自有它的绝妙之处,妙在含蓄。我知道前面还有更奇丽的景色,偏偏今天就不让你看到。我望眼欲穿,向着桐庐的方向望去,根据吴均的描绘,再加上我自己的幻想,把那一百多里的奇山异水给自己描绘得如阆苑仙境,自己感到无比地快乐,我的心好像就在这些奇山异水上飞驰。等到我耳边听到有点嘈杂声,是同伴们准备回去的时候了。我抬眼四望,唯见青螺数点,微痕一抹,出没于烟雨迷濛中。

　　　　　　　　　　　　　　一九八一年十二月九日

星光的海洋

星光,星光,星光……

到处都是星光。

是星光的瀚海,是星光的大洋;是星光的密林,是星光的丛莽。有红,有绿;有白,有黄;有大,有小;有弱,有强;有明,有暗;有高,有低;有远,有近;有疏,有密。有的成堆,有的成行;有的排成一线,有的组成一方。瞻之在前,忽焉在后;光辉灿烂,绵延数十里;汪洋浩瀚,好像充塞了天地。有时候,这星光的海洋似乎已经达到了黑暗的边缘;我满以为,在此之外,已是无边无际的大黑暗了。然而,只要一转瞬,再往上一看,依然是一片星光。

星光,星光,星光……

到处都是星光。

是夏夜的星空从天上落到地上来了吗? 是哪一个神话世界里的神灯从虚无缥缈的高天上飘到人间来了吗? 我有点迷惑,有点恍惚,有点好奇,有点糊涂。我注意探讨,仔细研究,猛然发现,这些都不是,都不是。这根本不是星光,而是绵延不断的灯光。

我抬头向上看,在这一片我原来误认为是星光的灯光上面,亮晶晶的一大片,大大小小的一群在那里眨着眼睛,那才是真正的星光。我低头向下看,看到星光和灯光在水面上的倒影,金光闪闪,像一条条的金蛇。原来就在我脚下,在我伫立的一个小小的山头的下面几十米深的黑暗处,从左边流来了嘉陵江,从右边流来了不尽长江滚滚来的长江。江声低咽,金波摇影。我现在不是在天上,而是在人间;不是在人间别的地方,而是在嘉陵江和长江汇流处的重庆。嘉陵江上通四川辽阔的地区,长江下达更辽阔的地区,一直通到大海。我正站在祖国的大地上,我眼前是重庆,是重庆的夜晚。眼前的一片星光是这座山城高高低低的山坡上的群灯。

在白天里,我曾在这一座山城里蜂房般鳞次栉比的房屋的迷宫中漫游。我曾出出进进于大小商店之中,看点什么,买点什么。我也曾在大街上滚滚的人流中漫步,没有什么固定的目的,只是作为一个外地人,一个旁观者看看而已。我看玻璃窗里陈列的五光十色的商品,我看街旁菜摊上摆的有一些我叫不出名的菜蔬。我间或也能看到一些少数民族的妇女穿着花团锦簇、颜色鲜艳的服装,头上和手上戴着的首饰闪闪发出银白色的光芒。我顾而乐之,忘记了时间的流逝。

最使我难忘的是我瞻仰的一些革命圣地,比如红岩、曾家岩、周公馆、桂园等等。特别是红岩,更给我留下了永不磨灭的印象。我怀着十分虔敬的心情在这个革命圣地里走上走下,在那些大大小小的房间里瞻望。我的步履很轻很轻,我几乎屏止住了呼吸。我一向景仰的那一些革命前辈仿佛还住在这里。我不敢放肆,我怕打扰了他们的清神。在院子里,虽然现在时令已是冬天,但是那些五颜六色的菊花却傲然凌霜怒放,显示出与众不同的骨气。最引起我注意的是一丛开着红色花朵的我不知道名字的蔓藤,红得像火焰,像朝霞,耀眼惊心。就在这红色花朵的旁边矗立着一棵高大的黄桷树。在那黑云压城、特务横行的日子里,在这棵大树的向外面的一侧是阴间。过了这棵树是红岩的主楼,就是阳间。因此,人民群众把这棵大树称作阴阳树。今天我来到了这棵树下,看到它枝干突兀腾跃,矫健挺拔,尖顶直刺灰蒙蒙的天空,好像把我的心情也带向高处。站在树下,我久久不想离去。今天我们全国人民都住在阳间,阴间已经消失得无影无踪了。我心头之兴奋可以想见了。也许是由于兴奋过度,我没有注意树上是否有灯。即使有的话,我也决不会把灯光误认为星光。

眼前白天已经转入暗夜,我登上了长江和嘉陵江汇流处的三角洲头。白天看到的那一些密密麻麻的大街、小巷、高楼、低舍,我都看不到了,都没入一片迷茫的黑暗中。我眼前看到的只有万家灯火,高高低低,前后左右,汇成了一片星光的海洋。

我当然不知道红岩、曾家岩、周公馆、桂园等等都在什么地方。我更不知道,那里现在是否都亮起了红灯。但是,我确信,在这一片灯光的海洋中,有几盏灯就是挂在那里的。红岩、曾家岩、周公馆、桂园,每一个窗口都会有闪亮的红灯让灯光流出,汇入这浩渺的灯光的海洋里。其中那最明亮、最高大的一盏一定是挂在阴阳树上。在它辉耀的光线的照耀下,我仿佛看到了大树下那些傲霜怒放的菊花,小红灯笼似的累累垂垂的花朵,衬托着碧绿的叶子,散发出无穷的活力。当年在这一座黑暗弥天的山城里,那些向往光明的人们,特别是青年们,一定是望眼欲穿地望着阴阳树上的这一盏明灯而欢欣鼓舞。这明灯给他们以信心,给他们以勇气,给他们以方向,给他们以安身立命之地。他们终于在灯光的照耀下,慢慢地冲出黑暗,奔向光明。我那时虽然不在重庆,但是,我确信,一定是有这样一盏灯的,而这灯又必然是异常明亮,异常光辉灿烂的。

今天,弥天的黑暗已经永远消失了,光明降临到大地上。我来到了重庆,缅怀往事,心潮腾涌。我很后悔,为什么当年竟没能够来到这里,看一看红岩、曾家岩、周公馆和桂园等地,献上我的一瓣心香?现在,我站在两江汇流处的三角洲山头上,面对山城的万家灯火,五十年的往事一下子逗上心头。回首前尘,唯余感慨;瞻望未来,意气风发。我完完全全沉浸在幻想之中。一转瞬间,眼前的万家灯火又突然变成了星光,这星光把我带到天上去,带到那片能抒发畅想曲的碧落中去。

星光,星光,星光……
到处都是星光。

一九八一年草稿
一九八四年十二月十三日修改于深圳
一九八五年一月十五日抄于燕园

登庐山

苍松翠柏，层层叠叠，从山麓向上猛奔，气势磅礴，压山欲倒，整个宇宙仿佛沉浸在一片浓绿之中。原来这就是庐山啊！

汽车沿着盘山公路，在万绿丛中盘旋而上。我一边仿佛为这神奇的绿色所制服，一边嘴里哼着苏东坡那一首脍炙人口的诗：

横看成岭侧成峰

远近高低各不同

不识庐山真面目

只缘身在此山中

我很后悔，在年轻读中国小学的时候，学习马虎，对岭与峰的细微区别没有弄清楚。到了此时，悔之晚矣。无论横看，还是侧看，我都弄不明白苏东坡用意之所在。我只觉得，苏东坡没有搔着痒处，没有真正抓住庐山的神韵，没有抓住庐山的灵魂，空留下这一首传诵古今的名篇。

到了我们的住处以后,天色已经黄昏。窗外松涛澎湃,山风猎猎,鸟鸣在耳,蝉声响彻,九奇峰朦胧耸立,天上有一弯新月。我耳朵里听到的是松声,眼睛仿佛看到了绿色。我在庐山的第一夜,做了一个绿色的梦。

中国的名山胜境,我游得不多。五十年前,我在大学毕业后,改行当了高中的国文教员。虽然为人师表,却只有二十三岁。在学生眼里,我大概只能算是一个大孩子。有一个学生含笑对我说:"我比你还大五岁哩!老师!"这有什么办法呢!我当时童心未泯,颇好游玩。曾同几个同事登泰山,没费吹灰之力就登上了南天门。在一个鸡毛小店里住了一夜,第二天凌晨攀登玉皇顶,想看日出。适逢浮云蔽天,等看到太阳时,它已经升得老高了。我们从后山黑龙潭下山,一路饱览山色,颇有一点"一览众山小"的情趣。泰山给我留下了非常深刻的印象。从审美的角度上来评断,我想用两个字来概括泰山,这就是:雄伟。

六年以前,我游了黄山。从前山温泉向上攀,经过了许多名胜古迹,什么一线天、蓬莱三岛等,下午三时到了玉屏楼。回望天都峰鲫鱼背,如悬天半。在玉屏楼住了一夜,第二天再向北海前进。一路上又饱览了数不清的名胜古迹。在北海住了两夜,看到了著名的黄山云海和奇峰怪石。世之论者认为黄山以古松胜,以云海胜,以奇峰胜,以怪石胜。古人说:"五岳归来不看山,黄山归来不看岳。"这是非常有见地的话。从审美的角度来评断,我也想用这两个字来概括黄山,这就是:诡奇。

那一次陪我游黄山的是小泓,我们祖孙二人始终走在一起。他很善于记黄山那一些稀奇古怪的名胜的名字,我则老朽昏庸,转眼就忘,时时需要他的提醒和纠正。当时日子过得似乎平平常常,并没有觉得有什么奇妙之处,有什么值得怀念之处。但是,前几年我到安徽合肥去开会,又有游黄山的机会,我原本想再去黄山的。可是,我忽然怀念起小泓来,他已在千山万水浩渺大洋之外了。我顿时觉得,那一次游黄山,日子过得不细致,有点马马虎虎,颇有一点身在福中不知福的味道。如今回忆起来,情景历历如在眼前。哪怕是极小的生活细节,也无一不温馨可爱,到了今天,宛如一梦,那些情景永远永远不会再回来了。我觉得,再游黄山,谁也代替不了小泓。经过了反复的考虑,我决意不再到黄山去了。

今天我来到了庐山,陪我来的是二泓。在离开北京的时候,我曾下定决心,在庐山,日子一定要仔仔细细地过,认真在意地过,把每一个细微末节,每一分钟,每一秒钟,都要仔细玩味,决不能马马虎虎,免得再像游黄山那样,日后追悔不及。我也确实这样做了。正像小泓一样,二泓也是跟我形影不离。几天以来,我们几乎游遍整个庐山。茂林修竹,大陵深涧,岩洞石穴,飞瀑名泉。他扶着我,有时候简直是扛着我,到处游观。我觉得,这一次确实是仔仔细细地过日子了,一点也没有敢疏忽大意。对一草一木,一山一石,变幻莫测的白云,流动不息的飞瀑,我都全心全意地把整个灵魂都放在上面。我只希望,到得庐山之游成为回忆时,我不再追悔。是否真正能做到这一步,我眼前还不敢夸下海口,只有等将来的事实来验证了。

庐山千姿百态,很难用一个字或几个字来概括。但是,总起来说,庐山给我的印象同泰山和黄山迥乎不同。在这里,不管是远山,还是近岭,无不长满了松柏。杉树更是特别郁郁葱葱,尖尖的树顶直刺云天。目光所到之处,总是绿,绿,绿,几乎看不到任何别的颜色,是一片浓绿的天地,一片浓绿的大洋。从审美的角度来看,我也想用两个字来概括庐山,这就是:秀润。

我觉得,绿是庐山的精神,绿是庐山的灵魂,没有绿就没有庐山。绿是有层次的。有时候蓦地白云从谷中升起,把苍松翠柏都笼罩起来,笼罩得迷濛一片,此时浓绿就转成了青色,更给人以秀润之感,可惜东坡翁当年没能抓住庐山这个特点,因而没有能认识庐山的真面目,成为千古憾事。我曾在含鄱口远眺时信口写一七绝:

> 近浓远淡绿重重
> 峰横岭斜青濛濛
> 识得庐山真面目
> 只缘身在此山中

我自谓抓住了庐山的精神,抓住了庐山的灵魂。庐山有灵,不知以为然否?

一九八六年八月六日于庐山

法门寺

法门寺,多么熟悉的名字啊！京剧有一出戏,就叫做《法门寺》。其中有两个角色,让人永远忘记不了:一个是太监刘瑾,一个是他的随从贾桂。刘瑾气焰万丈,炙手可热。他那种小人得志的情态,在戏剧中表现得惟妙惟肖,淋漓尽致,是京剧中最著名的人物之一。贾桂则是奴颜婢膝,一副小人阿谀奉承的奴才相。他的"知名度"甚至高过刘瑾,几乎是妇孺皆知。"贾桂思想"这个词儿至今流传。

我曾多次看《法门寺》这一出戏,我非常欣赏演员们的表演艺术。但是,我从来也没想研究究竟有没有法门寺这样一个地方,它坐落在何州何县。这样的问题好像跟我风马牛不相及,根本不存在似的。

然而,我何曾料到,自己今天竟然来到了法门寺,而且还同一件极其重要的考古发现联系在一起了。

这一座寺院距离陕西扶风县有八九里路,处在一个比较偏僻的农村中。我们来的时候,正落着濛濛细雨。据说这雨已经下了几天。快要收割的麦子湿漉漉的,流露出一种垂头丧气的神情。但是在中国比较稀见的大棵大朵的月季花却开得五颜六色,绚丽多姿,告诉我们春天还没有完全过去,夏天刚刚来临。寺院还在修葺,大殿已经修好,彩绘一新,鲜艳夺目。但是整个寺院却还是一片断壁残垣,显得破破烂烂。地上全是泥泞,根本没法走路。工人们搬来了宝塔倒掉留下来的巨大的砖头,硬是在泥水中垫出一条路来。我们这一群从北京来的秀才小心翼翼,战战兢兢地踏着砖头,左歪右斜地走到了一个原来有一座十三层的宝塔而今完全倒掉的地方。

这样一个地方有什么可看的呢? 千里迢迢从北京赶来这里难道就是为了看这一座破庙吗?事情当然不会这样简单。这一座法门寺在唐代真是大大地有名,它是皇家烧香礼佛的地方。这一座宝塔建自唐代,中间屡经修葺。但是在一千多年的漫长的时间内,年深日久,自然的破坏力是无法抗御的,终于在前几年倒塌了。我们现在看到的就是倒塌后的样子。

倒塌本身按理说也用不着大惊小怪。但是,倒塌以后,下面就露出了地宫。打开地宫,一方面似乎是出人意料,另一方面又似乎是在意料之内,在这里发现了大量异常珍贵的古代遗物。遗物真可以说是丰富多彩,琳琅满目,其中有金银器皿、玻璃器皿、茶碾子、丝织品。据说,地宫初启时,一千多年以前的金器,金光闪闪,光辉夺目,参加发掘的人为之吃惊,为之振奋。最引人注目的是秘色瓷。实物还从来没有看到过。另外根据刻在石碑上的账簿,丝织品中有中国历史上唯一的一位女皇武则天的裙子。因为丝织品都粘在一起,还没有能打开看一看,这一条简直是充满了神话色彩的裙子究竟是什么样子。

但是,真正引起轰动的还是如来佛释迦牟尼的真身舍利。世界上已经发现的舍利为数极多,我国也有不少。但是,那些舍利都是如来佛遗体焚化后留下来的。这一个如来佛指骨舍利却出自他的肉身,在世界上从来没有过。我不是佛教信徒,不想去探索考证。但是,这个指骨舍利在十三层宝塔下面已经埋藏了一千多年,只是它这一把子年纪不就能让我们肃然起敬吗?何况它还同中国历史上和文学史上的一段公案紧密地联系在一起呢!唐朝大文学家韩愈有一篇著名的文章:《论佛骨表》。千百年来,读过这篇文章的人恐怕有千百万。我自己年幼时也曾读过,至今尚能背诵。但是,我从来也没有想到,唐宪宗"令群僧迎佛骨于凤翔"的佛骨竟然还存在于宇宙间,而且现在就在我们眼前,我原以为是神话的东西就保存在我们现在来看的地宫里,虚无缥缈的神话一下子变为现实。它将在全世界引起多么大的轰动,目前还无法逆料。这一阵"佛骨旋风"会以雷霆万钧之力扫过佛教世界,这一点是肯定无疑的了。

我曾多次来过西安,我也曾多次感觉到过,而且说出来过:西安是一块宝地。在这里,中国古代文化仿佛阳光空气一般,弥漫城中。唐代著名诗人的那些名篇名句,很多都与西安有牵连。谁看到灞桥、渭水等等的名字不会立即神往盛唐呢?谁走过丈八沟、乐游原这样的地方不会立即想到杜甫、李商隐的名篇呢?这里到处是诗,美妙的诗;这里到处是梦,神奇的梦;这里是一个诗和梦的世界。如今又出现了如来真身舍利。它将给这个诗和梦的世界涂上一层神光,使它同西天净土,三千大千世界联系在一起。生为西安人,生为陕西人,生为中国人有福了。

从神话回到现实。我们这一群北京秀才是应邀来鉴定新出土的奇宝的。对我们这些凡夫俗子来说，如来真身舍利渺矣茫矣。对每一个中国人来说，古代灿烂的文化遗物却是活生生的现实。即使对于神话不感兴趣的普通老百姓，对现实却是感兴趣的。现在法门寺已经严密封锁，一般人不容易进来。但是，老百姓却有自己的想法，有自己的价值观。我曾在大街上和飞机场上碰到过一些好奇的老百姓。在大街上，两位中年人满面堆笑，走了过来：

"你是从北京来的吗？"

"是的。"

"你是来鉴定如来佛的舍利吗？"

"是的。"

"听说你们挖出了一地窖金子？！"

对这样的"热心人"，我能回答些什么呢？

在飞机上，五六个年轻人一下子拥了上来：

"你们不是从北京来的吗？"

"是的。"

"听说，你们看到的那几段佛骨，价钱可以顶得上三个香港？！"

多么奇妙的联想，又是多么天真的想法。让我关在屋子里想一辈子也想不出来。无论如何，这表示，西安的老百姓已经普遍地注意到如来真身舍利的出现这一件事，街头巷尾，高谈阔论，沸沸扬扬，满城都说佛舍利了。

外国朋友怎样呢？他们的好奇心，他们的轰动，决不亚于中国的老百姓。在新闻发布会上，一位日本什么报的记者抢过扩音器，发出了连珠炮似的问题："这个指骨舍利是如来佛哪一只手上的呢?是左手,还是右手?是哪一个指头上的呢?是拇指,还是小指?"我们这一些"答辩者",谁也回答不出来。其他外国记者都争着想提问,但是这一位日本朋友却抓紧了扩音器,死不放手。我决不敢认为,他的问题提得幼稚,可笑。对一个信仰佛教又是记者的人来说,他提问题是非常认真严肃的,又是十分虔诚的。据我了解到的,现在世界上许多国家,特别是日本、印度,以及南亚和东南亚佛教国家,都纷纷议论西安的真身舍利。这个消息像燎原的大火一样,已经熊熊燃烧起来了,行将见"西安热"又将热遍全球了。

就这样,我在细雨霏霏中,一边参观法门寺,一边心潮起伏,浮想联翩。多年来没有背诵的《论佛骨表》硬是从遗忘中挤了出来,我不由得一字一句暗暗背诵。同时我还背诵着:

一封朝奏九重天
夕贬潮州路八千
欲为圣明除弊事
肯将衰朽惜残年
云横秦岭家何在
雪拥蓝关马不前
知汝远来应有意
好收吾骨瘴江边

韩愈因谏迎佛骨,遭到贬逐,他的侄孙韩湘来看他,他写了这一首诗。我没有到过秦岭,更没有见过蓝关,我却仿佛看到了一个孤苦伶仃的老人,忠君遭贬,我不禁感到一阵凄凉。此时月季花在雨中别具风韵,法门寺的红墙另有异彩。我幻想,再过三五年,等到法门寺修复完毕,十三级宝塔重新矗立之时,此时冷落僻远的法门寺前,将是车水马龙,摩肩接踵,与秦俑馆媲美了。

一九八七年八月二十日

枸杞树

在不经意的时候，一转眼便会有一棵苍老的枸杞树的影子飘过。这使我困惑。最先是去追忆：什么地方我曾看见这样一棵苍老的枸杞树呢？是在某处的山里么？是在另一个地方的一个花园里么？但是，都不像。最后，我想到才到北平时住的那个公寓，于是我想到这棵苍老的枸杞树。

我现在还能很清晰地温习一些事情：我记得初次到北平时，在前门下了火车以后，这古老都市的影子，便像一个秤锤，沉重地压在我的心上。我迷惘地上了一辆洋车，跟着木屋似的电车向北跑。远处是红的墙，黄的瓦。我是初次看到电车的。我想，"电"不是很危险吗？后面的电车上的脚铃响了，我坐的洋车仍然在前面悠然地跑着。我感到焦急，同时，我的眼仍然"如入山阴道上，应接不暇"，我仍然看到，红的墙，黄的瓦。终于，在焦急、又因为初踏入一个新的境地而生的迷惘的心情下，折过了不知多少满填着黑土的小胡同以后，我被拖到西城的某一个公寓里去了，我仍然非常迷惘而有点近于慌张，眼前的一切都仿佛给一层轻烟笼罩起来似的，我看不清院子里有什么东西，我甚至也没有看清我住的小屋，黑夜跟着来了，我便糊里糊涂地睡下去，做了许许多多离奇古怪的梦。

虽然做了梦，但是却没有能睡得很熟，刚看到窗上有点发白，我就起来了。因为心比较安定了一点，我才开始看得清楚：我住的是北屋，屋前的小院里，有不算小的一缸荷花，四周错落地摆了几盆杂花。我记得很清楚：这些花里面有一棵仙人头，几天后，还开了很大的一朵白花，但是最惹我注意的，却是靠墙长着的一棵枸杞树，已经长得高过了屋檐，枝干苍老钩曲像千年的古松，树皮皱着，色是黝黑的，有几处已经开了裂。幼年在故乡里的时候，常听人说，枸杞是长得非常慢的，很难成为一棵树，现在居然有这样一棵虬干的老枸杞站在我面前，真像梦。梦又掣开了轻渺的网，我这是站在公寓里么？于是，我问公寓的主人，这枸杞有多大年龄了。他也渺茫：他初次来这里开公寓时，这树就是现在这样，三十年来，没有多少变动。这更使我惊奇，我用惊奇的太息的眼光注视着这苍老的枝干在沉默着，又注视着接连着树顶的蓝蓝的长天。

就这样，我每天看书乏了，就总在这树底下徘徊。在细弱的枝条上，蜘蛛结着网，间或有一片树叶儿或苍蝇蚊子之流的尸体粘在上面。在有太阳或灯火照上去的时候，这小小的网也会反射出细弱的清光来。倘若再走近一点，你又可以看到有许多叶上都爬着长长的绿色的虫子，在爬过的叶上留了半圆缺口。就在这有着缺口的叶片上，你可以看到各样的斑驳陆离的彩痕。对了这彩痕，你可以随便想到什么东西：想到地图，想到水彩画，想到被雨水冲过的墙上的残痕,再玄妙一点,想到宇宙,想到有着各种彩色的迷离的梦影。这许许多多的东西,都在这小的叶片上呈现给你。当你想到地图的时候,你可以任意指定一个小的黑点,算作你的故乡。再大一点的黑点,算作你曾游过的湖或山,你不是也可以在你心的深处浮起点温热的感觉么?这苍老的枸杞树就是我的宇宙。不,这叶片就是我的全宇宙。我替它把长长的绿色的虫子拿下来,摔在地上。对了它,我描画给自己种种涂着彩色的幻象,我把我的童稚的幻想,拴在这苍老的枝干上。

在雨天,牛乳色的轻雾给每件东西涂上一层淡影。这苍黑的枝干更显得黑了。雨住了的时候,有一两个蜗牛在上面悠然地爬着,散步似的从容,蜘蛛网上残留的雨滴,静静地发着光。一条虹从北屋的脊上伸展出去,像拱桥不知伸到什么地方去了。这枸杞的顶尖就正顶着这桥的中心。不知从什么地方来的阴影,渐渐地爬过了西墙。墙隅的蜘蛛网,树叶浓密的地方仿佛把这阴影捉住了一把似的,渐渐地黑起来。只剩了夕阳的余晖返照在这苍老的枸杞树的圆圆的顶上,淡红的一片,熠耀着,俨然如来佛头顶上金色的圆光。

以后,黄昏来了,一切角隅皆为黄昏所占领了。我同几个朋友出去到西单一带散步。穿过了花市,晚香玉在薄暗里发着幽香。不知在什么时候,什么地方,我曾读过一句诗:"黄昏里充满了木犀花的香。"我觉得很美丽。虽然我从来没有闻到过木犀花的香;虽然我明知道现在我闻到的是晚香玉的香。但是我总觉得我到了那种缥缈的诗意的境界似的。在淡黄色的灯光下,我们摸索着转进了幽黑的小胡同,走回了公寓。这苍老的枸杞树只剩了一团凄迷的影子,靠了北墙站着。

跟着来的是个长长的夜。我坐在窗前读着预备考试的功课。大头尖尾的绿色小虫，在糊了白纸的玻璃窗外有所寻觅似的撞击着。不一会，一个从缝里挤进来了，接着又一个，又一个……成群地围着灯飞。当我听到卖"玉米面饽饽"夏长的永远带点儿寒冷的声音，从远处的小巷里越过了墙飘了过来的时候，我便捻熄了灯，睡下去。于是又开始了同蚊子和臭虫的争斗。在静静的长夜里，忽然醒了，残梦仍然压在我心头，倘若我听到又有窸窣的声音在这棵苍老的枸杞树周围，我便知道外面又落了雨。我注视着这神秘的黑暗，我描画给自己：这枸杞树的苍黑的枝干该便黑了吧；那匹蜗牛有所趋避该匆匆地在向隐僻处爬去吧；小小的圆的蜘蛛网，该又捉住雨滴了吧，这雨滴在黑夜里能不能静静地发着光呢？我做着天真的童话般的梦。我梦到了这棵苍老的枸杞树。——这枸杞树也做梦么？第二天一早起来，外面真的还在下着雨。空气里充满了清新的沁人心脾的清香。荷叶上顶着珠子似的雨滴，蜘蛛网上也顶着，静静地发着光。

在如火如荼的盛夏转入初秋的澹远里去的时候，我这种诗意的又充满了稚气的生活，终于也不能继续下去。我离开这公寓，离开这苍老的枸杞树，移到清华园里来。到现在差不多四年了。这园子素来是以水木著名的。春天里，满园里怒放着红花，远处看，红红的一片火焰。夏天里，垂柳拂着地，浓翠扑上人的眉头。红霞般的爬山虎给冷清的深秋涂上一层凄艳的色彩。冬天里，白雪又把这园子安排成为一个银的世界。在这四季，又都有西山的一层轻渺的紫气，给这园子添了不少的光辉。这一切颜色：红的，翠的，白的，紫的，混合地涂上了我的心，在我心里幻成一幅绚烂的彩画。我做着红色的，翠色的，白色的，紫色的，各样颜色的梦。论理说起来,我在西城的公寓做的童话般的梦,早该被挤到不知什么地方去了。但是,我自己也不了解,在不经意的时候,总有一棵苍老的枸杞树的影子飘过。飘过了春天的火焰似的红的花,飘过了夏天的垂柳的浓翠,飘过了红霞似的爬山虎,一直到现在,是冬天,白雪正把这园子妆成银的世界。混合了氤氲的西山的紫气,静定在我的心头。在一个浮动的幻影里,我仿佛看到:有夕阳的余晖返照在这棵苍老的枸杞树的圆圆的顶上,淡红的一片,熠耀着,像如来佛头顶上的金光。

一九三三年十二月八日雪之下午

马缨花

　　曾经有很长的一段时间，我孤零零一个人住在一个很深的大院子里。从外面走进去，越走越静，自己的脚步声越听越清楚，仿佛从闹市走向深山。等到脚步声成为空谷足音的时候，我住的地方就到了。

　　院子不小，都是方砖铺地，三面有走廊。天井里遮满了树枝，走到下面，浓荫匝地，清凉蔽体。从房子的气势来看，从梁柱的粗细来看，依稀还可以看出当年的富贵气象。

　　这富贵气象是有来源的。在几百年前，这里曾经是明朝的东厂。不知道有多少忧国忧民的志士曾在这里被囚禁过，也不知道有多少人在这里受过苦刑，甚至丧掉性命。据说当年的水牢现在还有迹可寻哩。

　　等到我住进去的时候，富贵气象早已成为陈迹，但是阴森凄苦的气氛却是原封未动。再加上走廊上陈列的那一些汉代的石棺石椁，古代的刻着篆字和隶字的石碑，我一走回这个院子里，就仿佛进入了古墓。这样的环境,这样的气氛,把我的记忆提到几千年前去。有时候我简直就像是生活在历史里,自己俨然成为古人了。

这样的气氛同我当时的心情是相适应的,我一向又不相信有什么鬼神,所以我住在这里,也还处之泰然。

但是也有紧张不泰然的时候。往往在半夜里,我突然听到推门的声音,声音很大,很强烈。我不得不起来看一看。那时候经常停电。我只能在黑暗中摸索着爬起来,摸索着找门,摸索着走出去。院子里一片浓黑,什么东西也看不见。连树影子也仿佛同黑暗粘在一起,一点都分辨不出来。我只听到大香椿树上有一阵窸窸窣窣的声音,然后"咪噢"的一声,有两只小电灯似的眼睛从树枝深处对着我闪闪发光。

这样一个地方,对我那些经常来往的朋友来说,是不会引起什么好感的。有几位在白天还有兴致来找我谈谈,他们很怕在黄昏时分走进这个院子。万一有事,不得不来,也一定在大门口向工友再三打听,我是否真在家里,然后才有勇气,跋涉过那一个长长的胡同,走过深深的院子,来到我的屋里。有一次,我出门去了,看门的工友没有看见。一位朋友走到我住的那个院子里,在黄昏的微光中,只见一地树影,满院石棺,我那小窗上却没有灯光。他的腿立刻抖了起来,费了好大力量,才拖着它们走了出去。第二天我们见面时,谈到这点经历,两人相对大笑。

我是不是也有孤寂之感呢?应该说是有的。当时正是"万家墨面没蒿莱"的时代,北京城一片黑暗。白天在学校里的时候,同青年同学在一起,从他们那蓬蓬勃勃的斗争意志和生命活力里,还可以吸取一些力量和快乐,精神十分振奋。但是,一到晚上,当我孤零一个人走回这个所谓家的时候，我仿佛遗世而独立。没有人声，没有电灯，没有一点活气。在煤油灯的微光中，我只看到自己那高得、大得、黑得惊人的身影在四面的墙壁上晃动，仿佛是有个巨灵来到我的屋内。寂寞像毒蛇似的偷偷地袭来，折磨着我，使我无所逃于天地之间。

在这样无可奈何的时候，有一天，在傍晚的时候，我从外面一走进那个院子，蓦地闻到一股似浓似淡的香气。我抬头一看，原来是遮满院子的马缨花开花了。在这以前，我知道这些树都是马缨花，但是我却没有十分注意它们。今天它们用自己的香气告诉了我它们的存在。这对我似乎是一件新事。我不由得就站在树下，仰头观望：细碎的叶子密密地搭成了一座天棚，天棚上面是一层粉红色的细丝般的花瓣，远处望去，就像是绿云层上浮上了一团团的红雾。香气就是从这一片绿云里洒下来的，洒满了整个院子，洒满了我的全身，使我仿佛游泳在香海里。

花开也是常有的事，开花有香气更是司空见惯。但是，在这样一个时候，这样一个地方，有这样的花，有这样的香，我就觉得很不寻常；有花香慰我寂寥，我甚至有一些近乎感激的心情了。

从此，我就爱上了马缨花，把它当成了自己的知心朋友。

北京终于解放了。一九四九年的十月一日给全中国带来了光明与希望，给全世界带来了光明与希望。这一个具有重大意义的日子在我的生命里画上了一道鸿沟，我仿佛重新获得了生命。可惜不久我就搬出了那个院子，同那些可爱的马缨花告别了。

时间也过得真快，到现在，才一转眼的工夫，已经过去了十三年。这十三年是我生命史上最重要、最充实、最有意义的十三年。我看了很多新东西，学习了很多新东西，走了很多新地方。我当然也看了很多奇花异草。我曾在亚洲大陆最南端科摩林海角看到高凌霄汉的巨树上开着大朵的红花，我曾在缅甸的避暑胜地东枝看到开满了小花园的火红照眼的不知名的花朵，我也曾在塔什干看到长得像小树般的玫瑰花。这些花都是异常美妙动人的。

然而使我深深地怀念的却仍然是那些平凡的马缨花。我是多么想见到它们呀！

最近几年来，北京的马缨花似乎多起来了。在公园里，在马路旁边，在大旅馆的前面，在草坪里，都可以看到新栽种的马缨花。细碎的叶子密密地搭成了一座座的天棚，天棚上面是一层粉红色的细丝般的花瓣。远处望去，就像是绿云层上浮上了一团团的红雾。这绿云红雾飘满了北京。衬上红墙、黄瓦，给人民的首都增添了绚丽与芬芳。

我十分高兴。我仿佛是见了久别重逢的老友。但是，我却隐隐约约地感觉到，这些马缨花同我回忆中的那些很不相同。叶子仍然是那样的叶子，花也仍然是那样的花，在短短的十几年以内，它决不会变了种。不同之处究竟何在呢？

我最初确实是有些困惑，左思右想，只是无法解释。后来，我扩大了我回忆的范围，不把回忆死死地拴在马缨花上面，而是把当时所有同我有关的事物都包括在里面。不管我是怎样喜欢院子里那些马缨花，不管我是怎样爱回忆它们，回忆的范围一扩大，同它们联系在一起的不是黄昏，就是夜雨，否则就是迷离凄苦的梦境。我好像是在那些可爱的马缨花上面从来没有见到哪怕是一点点阳光。

然而，今天摆在我眼前的这些马缨花，却仿佛总是在光天化日之下。即使是在黄昏时候,在深夜里,我看到它们,它们也仿佛是生气勃勃,同浴在阳光里一样。它们仿佛想同灯光竞赛,同明月争辉。同我回忆里的那些马缨花比起来,一个是照相的底片,一个是洗好的照片;一个是影,一个是光。影中的马缨花也许是值得留恋的,但是光中的马缨花不是更可爱吗?

我从此就爱上了这光中的马缨花,而且我也爱藏在我心中的这一个光与影的对比。它能告诉我很多事情,带给我无穷无尽的力量,送给我无限的温暖与幸福,它也能促使我前进。我愿意马缨花永远在这光中含笑怒放。

一九六二年十月一日

夹竹桃

夹竹桃不是名贵的花,也不是最美丽的花;但是,对我说来,它却是最值得留恋最值得回忆的花。

不知道由于什么缘故,也不知道从什么时候起,在我故乡的那个城市里,几乎家家都种上几盆夹竹桃,而且都摆在大门内影壁墙下,正对着大门口。客人一走进大门,扑鼻的是一阵幽香,入目的是绿蜡似的叶子和红霞或白雪似的花朵,立刻就感觉到仿佛走进自己的家门口,大有宾至如归之感了。

我们家的大门内也有两盆,一盆红色的,一盆白色的。我小的时候,天天都要从这下面走出走进。红色的花朵让我想到火,白色的花朵让我想到雪。火与雪是不相容的,但是这两盆花却融洽地开在一起,宛如火上有雪,或雪上有火。我顾而乐之,小小的心灵里觉得十分奇妙,十分有趣。

另有一墙之隔,转过影壁,就是院子。我们家里一向是喜欢花的,虽然没有什么非常名贵的花,但是常见的花却是应有尽有。每年春天，迎春花首先开出黄色的小花，报告春的消息。以后接着来的是桃花、杏花、海棠、榆叶梅、丁香等等，院子里开得花团锦簇。到了夏天，更是满院葳蕤。凤仙花、石竹花、鸡冠花、五色梅、江西腊等等，五彩缤纷，美不胜收。夜来香的香气熏透了整个的夏夜的庭院，是我什么时候也不会忘记的。一到秋天，玉簪花带来凄清的寒意，菊花报告花事的结束。总之，一年三季，花开花落，没有间歇；情景虽美，变化亦多。

然而，在一墙之隔的大门内，夹竹桃却在那里静悄悄地一声不响，一朵花败了，又开出一朵；一嘟噜花黄了，又长出一嘟噜。在和煦的春风里，在盛夏的暴雨里，在深秋的清冷里，看不出什么特别茂盛的时候，也看不出什么特别衰败的时候，无日不迎风弄姿，从春天一直到秋天，从迎春花一直到玉簪花和菊花，无不奉陪。这一点韧性，同院子里那些花比起来，不是形成一个强烈的对照吗？

但是夹竹桃的妙处还不止于此。我特别喜欢月光下的夹竹桃。你站在它下面，花朵是一团模糊，但是香气却毫不含糊，浓浓烈烈地从花枝上袭了下来。它把影子投到墙上，叶影参差，花影迷离，可以引起我许多幻想。我幻想它是地图，它居然就是地图了。这一堆影子是亚洲，那一堆影子是非洲，中间空白的地方是大海。碰巧有几只小虫子爬过，这就是远渡重洋的海轮。我幻想它是水中的荇藻，我眼前就真的展现出一个小池塘。夜蛾飞过映在墙上的影子就是游鱼。我幻想它是一幅墨竹，我就真看到一幅画。微风乍起，叶影吹动，这一幅画竟变成活画了。

有这样的韧性，能这样引起我的幻想，我爱上了夹竹桃。

好多好多年，我就在这样的夹竹桃下面走出走进。最初我的个儿矮，必须仰头才能看到花朵。后来，我逐渐长高了，夹竹桃在我眼中也就逐渐矮了起来。等到我眼睛平视就可以看到花的时候，我离开了家。

我离开了家，过了许多年，走过许多地方。我曾在不同的地方看到过夹竹桃，但是都没有留下深刻的印象。

两年前，我访问了缅甸。在仰光开过几天会以后，缅甸的许多朋友热情地陪我们到缅甸北部古都蒲甘去游览。这地方以佛塔著名，有"万塔之城"的称号。据说，当年确有万塔。到了今天，数目虽然没有那样多了，但是，纵目四望，嶙嶙峋峋，群塔簇天，一个个从地里涌出，宛如阳朔的群山，又像是云南的石林，用"雨后春笋"这一句老话，差堪比拟。虽然花草树木都还是绿的，但是时令究竟是冬天了，一片萧瑟荒寒气象。

然而就在这地方，在我们住的大楼前，我却意外地发现了老朋友夹竹桃。一株株都跟一层楼差不多高，以至我最初竟没有认出它们来。花色比国内的要多，除了红色的和白色的以外，记得还有黄色的。叶子比我以前看到的更绿得像绿蜡，花朵开在高高的枝头，更像片片的红霞、团团的白雪、朵朵的黄云。苍郁繁茂，浓翠逼人，同荒寒的古城形成了强烈的对比。

我每天就在这样的夹竹桃下走出走进。晚上同缅甸朋友们在楼上凭栏闲眺，畅谈各种各样的问题，谈蒲甘的历史，谈中缅文化交流，谈中缅两国人民的胞波的友谊。在这时候，远处的古塔渐渐隐入暮霭中，近处的几个古塔上却给电灯照得通明，望之如灵山幻境。我伸手到栏外，就可以抓到夹竹桃的顶枝。花香也一阵一阵地从下面飘上楼来，仿佛把中缅友谊熏得更加芬芳。

就这样，在对于夹竹桃的婉美动人的回忆里，又涂上了一层绚烂夺目的中缅人民友谊的色彩。我从此更爱夹竹桃。

一九六二年十月十七日

槐 花

　　自从移家朗润园，每年在春夏之交的时候，我一出门向西走，总是清香飘拂，溢满鼻官。抬眼一看，在流满了绿水的荷塘岸边，在高高低低的土山上面，就能看到成片的洋槐，满树繁花，闪着银光；花朵缀满高树枝头，开上去，开上去，一直开到高空，让我立刻想到新疆天池上看到的白皑皑的万古雪峰。

　　这种槐树在北方是非常习见的树种。我虽然也陶醉于氤氲的香气中，但却从来没有认真注意过这种花树——惯了。

　　有一年，也是在这样春夏之交的时候，我陪一位印度朋友参观北大校园。走到槐花树下，他猛然用鼻子吸了吸气，抬头看了看，眼睛瞪得又大又圆。我从前曾看到一幅印度人画的人像，为了夸大印度人眼睛之大，他把眼睛画得扩张到脸庞的外面。这一回我真仿佛看到这一位印度朋友瞪大了的眼睛扩张到了面孔以外来了。

　　"真好看呀！这真是奇迹！"

"什么奇迹呀？"

"你们这样的花树。"

"这有什么了不起呢？我们这里多得很。"

"多得很就不了不起了吗？"

我无言以对，看来辩论下去已经毫无意义了。可是他的话却对我起了作用：我认真注意槐花了，我仿佛第一次见到它，非常陌生，又似曾相识。我在它身上发现了许多新的以前从来没有发现的东西。

在沉思之余，我忽然想到，自己在印度也曾有过类似的情景。我在海得拉巴看到耸入云天的木棉树时，也曾大为惊诧。碗口大的红花挂满枝头，殷红如朝阳，灿烂似晚霞，我不禁大为慨叹：

"真好看呀！简直神奇极了！"

"什么神奇？"

"这木棉花。"

"这有什么神奇呢？我们这里到处都有。"

陪伴我们的印度朋友满脸迷惑不解的神气。我的眼睛瞪得多大，我自己看不到。现在到了中国，在洋槐树下，轮到印度朋友（当然不是同一个人）瞪大眼睛了。

在我们的日常生活中，我们都有这样一个经验：越是看惯了的东西，便越是习焉不察，美丑都难看出。这种现象在心理学上是容易解释的：一定要同客观存在的东西保持一定的距离，才能客观地去观察。难道我们就不能有意识地去改变这种习惯吗？难道我们就不能永远用新的眼光去看待一切事物吗？

我想自己先试一试看，果然有了神奇的效果。我现在再走过荷塘看到槐花,努力在自己的心中制造出第一次见到的幻想,我不再熟视无睹,而是尽情地欣赏。槐花也仿佛是得到了知己,大大小小、高高低低的洋槐,似乎在喃喃自语,又像在对我讲话。周围的山石树木,仿佛一下子活了起来,一片生机,融融氤氲。荷塘里的绿水仿佛更绿了;槐树上的白花仿佛更白了;人家篱笆里开的红花仿佛更红了。风吹,鸟鸣,都洋溢着无限生气。一切眼前的东西联在一起,汇成了宇宙的大欢畅。

一九八六年六月三日

怀念西府海棠

暮春三月，风和日丽。我偶尔走过办公楼前面。在盘龙石阶的两旁，一边站着一棵翠柏，浑身碧绿，扑入眉宇，仿佛是从地心深处涌出来的两股青色的力量，喷薄腾跃，顶端直刺蔚蓝色的晴空，其气势虽然比不上杜甫当年在孔明祠堂前看到的那一些古柏："苍皮溜雨四十围，黛色参天二千尺"，然而看到它，自己也似乎受到了感染，内心里溢满了力量。我顾而乐之，流连不忍离去。

然而，我的眼前蓦地一闪，就在这两棵翠柏站立的地方出现了两棵西府海棠，正开着满树繁花，已经绽开的花朵呈粉红色，没有绽开的骨朵呈鲜红色，粉红与鲜红，纷纭交错，宛如天半的粉红色彩云。成群的蜜蜂飞舞在花朵丛中，嗡嗡的叫声有如春天的催眠曲。我立刻被这色彩和声音吸引住，沉醉于其中了。眼前再一闪，翠柏与海棠同时站立在同一个地方，两者的影子重叠起来，翠绿与鲜红纷纭交错起来了。

这是怎么一回事呢？

我一时有点茫然、憛然，然而不需要半秒钟，我立刻就意识到，眼前的翠柏与海棠都是现实，翠柏是眼前的现实，海棠则是过去的现实，它确曾在这个地方站立过，而今这两个现实又重叠起来，可是过去的现实早已化为灰烬，随风飘零了。

事情就发生在十年浩劫期间。一时忽然传说：养花是修正主义，最低的罪名也是玩物丧志。于是"四人帮"一伙就在海内名园燕园大肆"斗私、批修"，先批人，后批花木，几十年上百年的老丁香花树砍伐殆尽，屡见于清代笔记中的几架古藤萝也被斩草除根，几座楼房外面墙上爬满了的"爬山虎"统统拔掉，办公楼前的两棵枝干繁茂、绿叶葳蕤的西府海棠也在劫难逃。总之，一切美好的花木，也像某一些人一样，被打翻在地，身上踏上了一千只脚，永世不得翻身了。

这两棵西府海棠在老北京是颇有一点名气的。据说某一个文人的笔记中还专门讲到过它。熟悉北京掌故的人，比如邓拓同志等，生前每到春天都要来园中探望一番。我自己不敢说对北京掌故多么熟悉，但是，每当西府海棠开花时，也常常自命风雅，到树下流连徘徊，欣赏花色之美，听一听蜜蜂的鸣声，顿时觉得人间毕竟是非常可爱的，生活毕竟是非常美好的，胸中的干劲陡然腾涌起来。我的身体好像成了一个蓄电瓶，看到了西府海棠，便仿佛蓄满了电，能够在自己所从事的工作中精神抖擞地驰骋一气了。

中国古代的诗人中，喜爱海棠者颇不乏人。大家欣赏海棠之美，但颇以海棠无香为憾。在古代文人的笔记和诗话中，有很多地方谈到这个问题，可见文人墨客对海棠的关心。宋代著名的爱国大诗人陆游有几首《花时遍游诸家园》的诗，其中之一是讲海棠的：

> 为爱名花抵死狂
> 只愁风日损红芳
> 绿章夜奏通明殿
> 乞借春阴护海棠

　　陆游喜爱海棠达到了何等疯狂的地步啊！稍有理智的人都应当知道，海棠与人无争，与世无忤，决不会伤害任何人的；它只能给人间增添美丽，给人们带来喜悦，能让人们热爱自然，热爱祖国。然而，就连这样天真无邪的海棠也难逃"四人帮"的毒手。燕园内的两棵西府海棠现在已经不知道消逝到什么地方去了，这也算是一种"含冤逝世"吧。代替它站在这里的是两棵翠柏。翠柏也是我所喜爱的，它也能给人们带来美感享受，我毫无贬低翠柏的意思。但是以燕园之大，竟不能给海棠留一点立足之地，一定要铲除海棠，栽上翠柏，一定要争这方尺之地，翠柏而有知，自己挤占了海棠的地方，也会感到对不起海棠吧！

　　"四人帮"要篡党夺权，有一些事情容易理解，但是砍伐花木，铲除海棠，仿佛这些花木真能抓住他们那罪恶的黑手，令人百思不得其解。宋代苏洵在《辩奸论》中说："凡事之不近人情者，鲜不为大奸慝。"砍伐西府海棠之不近人情，一望而知。爱好美好的东西是人类的天性，任何人都有权利爱好美好的东西，花木当然也包括在里面。然而"四人帮"却偏要违反人性，必欲把一切美好的东西铲除净尽而后快。他们这一伙人是大奸慝，已经丝毫无可怀疑了。

　　事情已经过去了将近二十年，为什么西府海棠的影子今天又忽然展现在我的眼前呢？难道说是名花有灵，今天向我"显圣"来了么？难道说它是向我告状来了么？可惜我一非包文正，二非海青天，更没有如来佛起死回生的神通，我所有的能耐至多也只能一洒同情之泪，我还有什么话可说呢？

　　我从来不相信什么神话。但是现在我真想相信起来，我真希望有一个天国。可是我知道，须弥山已经为印度人所独占，他们把自己的天国乐园安放在那里。昆仑山又为中国人所垄断，王母娘娘就被安顿在那里。我现在只能希望在辽阔无垠的宇宙中间还能有那么一块干净的地方，能容得下一个阆苑乐土。那里有四时不谢之花、八节长春之草，大地上一切花草的魂魄都永恒地住在那里，随时、随地都是花团锦簇，五彩缤纷。我们燕园中被无端砍伐了的西府海棠的魂灵也遨游其间。我相信，它决不会忘记了自己呆了多年的美丽的燕园，每当三春繁花盛开之际，它一定会来到人间，驾临燕园，风前月下，凭吊一番。"环珮空归月下魂"，明妃之魂归来，还有环珮之声。西府海棠之魂归来时，能有什么迹象呢？我说不出，我只能时时来到办公楼前，在翠柏影中，等候倩魂。我是多么想为海棠招魂啊！结果恐怕只能是"上穷碧落下黄泉，两地茫茫皆不见"了。奈何，奈何！

　　在这风和日丽的三月，我站在这里，浮想联翩，怅望晴空，眼睛里流满了泪水。

　　　　一九八七年四月二十六日写于上海华东师范大学专家招待所。行装甫卸，倦意犹存。在京构思多日的这篇短文，忽然躁动于心中，于是怵然而起，援笔立就，如有天助，心中甚喜。

神奇的丝瓜

今年春天，孩子们在房前空地上，斩草挖土，开辟出来了一个一丈见方的小花园。周围用竹竿扎了一个篱笆，移来了一棵玉兰花树，栽上了几株月季花，又在竹篱下面随意种上了几棵扁豆和两棵丝瓜。土壤并不肥沃，虽然也铺上了一层河泥，但估计不会起很大的作用，大家不过是玩玩而已。

过了不久，丝瓜竟然长了出来，而且日益茁壮、长大。这当然增加了我们的兴趣。但是我们也并没有过高的期望。我自己每天早晨工作疲倦了，常到屋旁的小土山上走一走，站一站，看看墙外马路上的车水马龙和亚运会招展的彩旗，顾而乐之，只不过顺便看一看丝瓜罢了。

丝瓜是普通的植物，我也并没有想到会有什么神奇之处。可是忽然有一天，我发现丝瓜秧爬出了篱笆，爬上了楼墙。以后，每天看丝瓜，总比前一天向楼上爬了一大段，最后竟从一楼爬上了二楼，又从二楼爬上了三楼。说它每天长出半尺，决非夸大之词。

丝瓜的秧不过像细绳一般粗。如不注意,连它的根在什么地方,都找不到。这样细的一根秧竟能在一夜之间输送这样多的水分和养料,供应前方,使得上面的叶子长得又肥又绿,爬在灰白色的墙上,一片浓绿,给土墙增添了无量活力与生机。

这当然让我感到很惊奇,我的兴趣随之大大地提高。每天早晨看丝瓜成了我的主要任务。爬小山反而成为次要的了。我往往注视着细细的瓜秧和浓绿的瓜叶,陷入沉思,想得很远,很远……

又过了几天,丝瓜开出了黄花。再过几天,有的黄花就变成了小小的绿色的瓜。瓜越长越长,越长越大,重量当然也越来越增加,最初长出的那一个小瓜竟把瓜秧坠下来了一点,直挺挺地悬垂在空中,随风摇摆。我真是替它担心,生怕它经不住这一份重量,会整个地从楼上坠了下来落到地上。

然而不久就证明了,我这种担心是多余的。最初长出来的瓜不再长大,仿佛得到命令停止了生长。在上面,在三楼一位一百零二岁的老太太的窗外窗台上,却长出来了两个瓜。这两个瓜后来居上,发疯似的猛长,不久就长成了小孩胳膊一般粗了。这两个瓜加起来恐怕有五六斤重,那一根细秧怎么能承担得住呢?我又担心起来。没过几天,事实又证明了我是杞人忧天。两个瓜不知从什么时候忽然弯了起来,把躯体放在老太太的窗台上,从下面看上去,活像两个粗大弯曲的绿色牛角。

不知道从哪一天起,我忽然又发现,在两个大瓜的下面,在二三楼之间,在一根细秧的顶端,又长出来了一个瓜,垂直地悬在那里。我又犯了担心病:这个瓜上面够不到窗台,下面也是空空的。总有一天,它越长越大,会把上面的两个大瓜也坠了下来,一起坠到地上,落叶归根,同它的根部聚合在一起。

然而今天早晨,我却看到了奇迹。同往日一样,我习惯地抬头看瓜:下面最小的那一个早已停止生长,孤零零地悬在空中,似乎一点分量都没有;上面老太太窗台上那两个大的,似乎长得更大了,威武雄壮地压在窗台上;中间的那一个却不见了。我看看地上,没有看到掉下来的瓜。等我倒退几步抬头再看时,却看到了那一个我认为失踪了的瓜,平着身子躺在抗震加固时筑上的紧靠楼墙凸出的一个台子上。这真让我大吃一惊。这样一个原来垂直悬在空中的瓜怎么忽然平身躺在那里了呢? 这个凸出的台子无论是从上面还是从下面都是无法上去的, 决不会有人把丝瓜摆平的。

我百思不得其解,徘徊在丝瓜下面,像达摩老祖一样,面壁参禅。我仿佛觉得这棵丝瓜有了思想,它能考虑问题,而且还有行动,它能让无法承担重量的瓜停止生长;它能给处在有利地形的大瓜找到承担重量的地方,给这样的瓜特殊待遇,让它们疯狂地长;它能让悬垂的瓜平身躺下。如果不是这样的话,无论如何也无法解释我上面谈到的现象。但是,如果真是这样的话,又实在令人难以置信。丝瓜用什么来思想呢? 丝瓜靠什么来指导自己的行动呢? 上下数千年,纵横几万里,从来也没有人说过,丝瓜会有思想。我左考虑,右考虑,越考虑越糊涂。我无法同丝瓜对话。这是一个沉默的奇迹。瓜秧仿佛成了一根神秘的绳子,绿叶子照旧浓翠扑人眉宇。我站在丝瓜下面,陷入梦幻。而丝瓜则似乎心中有数,无言静观,它怡然泰然悠然坦然,仿佛含笑面对秋阳。

一九九〇年十月九日

二月兰

　　一转眼,不知怎样一来,整个燕园竟成了二月兰的天下。

　　二月兰是一种常见的野花。花朵不大,紫白相间。花形和颜色都没有什么特异之处。如果只有一两棵,在百花丛中,决不会引起任何人的注意。但是它却以多胜,每到春天,和风一吹拂,便绽开了小花。最初只有一朵,两朵,几朵,但是一转眼,在一夜间,就能变成百朵,千朵,万朵。大有凌驾百花之上的势头了。

　　我在燕园里已经住了四十多年。最初我并没有特别注意到这种小花。直到前年,也许正是二月兰开花的大年,我蓦地发现,从我住的楼旁小土山开始,走遍了全园,眼光所到之处,无不有二月兰在。宅旁,篱下,林中,山头,土坡,湖边,只要有空隙的地方,都是一团紫气,间以白雾,小花开得淋漓尽致,气势非凡,紫气直冲云霄,连宇宙都仿佛变成紫色的了。

　　我在迷离恍惚中,忽然发现二月兰爬上了树,有的已经爬上了树顶,有的正在努力攀登,连喘气的声音似乎都能听到。我这一惊可真不小:莫非二月兰真成了精了吗？再定睛一看,原来是二月兰丛中的一些藤萝,也正在开着花,花的颜色同二月兰一模一样,所差的就仅仅只缺少那一团白雾。我实在觉得我这个幻觉非常有趣。带着清醒的意识,我仔细观察起来:除了花形之外,颜色真是一般无二。反正我知道了这是两种植物,心里有了底。然而再一转眼,我仍然看到二月兰往枝头爬。这是真的呢,还是幻觉?一由它去吧。

自从意识到二月兰存在以后,一些同二月兰有联系的回忆立即涌上心头。原来很少想到的或根本没有想到的事情,现在想到了;原来认为十分平常的琐事,现在显得十分不平常了。我一下子清晰地意识到,原来这种十分平凡的野花竟在我的生命中占有这样重要的地位。我自己也有点吃惊了。

我回忆的丝缕是从楼旁的小土山开始的。这一座小土山,最初毫无惊人之处,只不过二三米高,上面长满了野草。当年歪风狂吹时,每次"打扫卫生",全楼住的人都被召唤出来拔草,不是"绿化",而是"黄化"。我每次都在心中暗恨这小山野草之多。后来不知由于什么原因,把山堆高了一两米。这样一来,山就颇有一点山势了。东头的苍松,西头的翠柏,都仿佛恢复了青春,一年四季郁郁葱葱。中间一棵榆树,从树龄来看,只能算是松柏的曾孙,然而也枝干繁茂,高枝直刺入蔚蓝的晴空。

我不记得从什么时候起我注意到小山上的二月兰。这种野花开花大概也有大年小年之别的。碰到小年,只在小山前后稀疏地开上那么几片。遇到大年,则山前山后开成大片。二月兰仿佛发了狂。我们常讲什么什么花"怒放",这个"怒"字下得真是无比地奇妙。二月兰一"怒",仿佛从土地深处吸来一股原始力量,一定要把花开遍大千世界,紫气直冲云霄,连宇宙都仿佛变成紫色的了。

东坡的词说:"月有阴晴圆缺,人有悲欢离合,此事古难全。"但是花们好像是没有什么悲欢离合的。应该开时,它们就开;该消失时,它们就消失。它们是"纵浪大化中",一切顺其自然,自己无所谓什么悲与喜。我的二月兰就是这个样子。

然而,人这个万物之灵却偏偏有了感情,有了感情就有了悲欢。这真是多此一举,然而没有法子。人自己多情,又把情移到花,"泪眼问花花不语",花当然"不语"了。如果花真"语"起来,岂不吓坏了人!这些道理我十分明白。然而我仍然把自己的悲欢挂到了二月兰上。

当年老祖还活着的时候,每到春天二月兰开花的时候,她往往拿一把小铲,带一个黑书包,到成片的二月兰旁青草丛里去搜挖荠菜。只要看到她的身影在二月兰的紫雾里晃动,我就知道在午餐或晚餐的餐桌上必然弥漫着荠菜馄饨的清香。当婉如还活着的时候,她每次回家,只要二月兰正在开花,她离开时,总穿过左手是二月兰的紫雾,右手是湖畔垂柳的绿烟,匆匆忙忙走去,把我的目光一直带到湖对岸的拐弯处。当小保姆杨莹还在我家时,她也同小山和二月兰结上了缘。她曾套宋词写过三句话:"午静携侣寻野菜,黄昏抱猫向夕阳,当时只道是寻常。"我的小猫虎子和咪咪还在世的时候,我也往往在二月兰丛里看到她们:一黑一白,在紫色中格外显眼。

所有这些琐事都是寻常到不能再寻常了。然而,曾几何时,到了今天,老祖和婉如已经永远永远地离开了我们。小莹也回了山东老家。至于虎子和咪咪也各自遵循猫的规律,不知钻到了燕园中哪一个幽暗的角落里，等待死亡的到来。老祖和婉如的走，把我的心都带走了。虎子和咪咪我也忆念难忘。如今，天地虽宽，阳光虽照样普照，我却感到无边的寂寥和凄凉。回忆这些往事，如云如烟，原来是近在眼前，如今却如蓬莱灵山，可望而不可即了。

对于我这样的心情和我的一切遭遇，我的二月兰一点也无动于衷，照样自己开花。今年又是二月兰开花的大年。在校园里，眼光所到之处，无不有二月兰在。宅旁，篱下，林中，山头，土坡，湖边，只要有空隙的地方，都是一团紫气，间以白雾，小花开得淋漓尽致，气势非凡，紫气直冲霄汉，连宇宙都仿佛变成紫色的了。

这一切都告诉我，二月兰是不会变的，世事沧桑，于她如浮云。然而我却是在变的，月月变，年年变。我想以不变应万变，然而办不到。我想学习二月兰，然而办不到。不但如此，她还硬把我的记忆牵回到我一生最倒霉的时候。在十年浩劫中，我自己跳出来反对北大那一位"老佛爷"，被抄家，被打成了"反革命"。正是二月兰开花的时候，我被管制劳动改造。有很长一段时间，我每天到一个地方去捡破砖碎瓦，还随时准备着被红卫兵押解到什么地方去"批斗"，坐喷气式，还要挨上一顿揍，被打得鼻青脸肿。可是在砖瓦缝里二月兰依然开放，怡然自得，笑对春风，好像是在嘲笑我。

我当时日子实在非常难过。我知道正义是在自己手中，可是是非颠倒，人妖难分，我呼天天不应，叫地地不答，一腔义愤，满腹委屈，毫无人生之趣。在很长一段时间内，我成了"不可接触者"，几年没接到过一封信，很少有人敢同我打个招呼。我虽处人世，实为异类。

　　然而我一回到家里,老祖、德华她们,在每人每月只能得到恩赐十几元钱生活费的情况下,殚精竭虑,弄一点好吃的东西,希望能给我增加点营养;更重要的恐怕还是希望能给我增添点生趣。婉如和延宗也尽可能地多回家来。我的小猫憨态可掬,偎依在我的身旁。她们不懂哲学,分不清两类不同性质的矛盾,人视我为异类,她们视我为好友,从来没有表态,要同我划清界限。所有这一些极其平常的琐事,都给我带来了无量的安慰。窗外尽管千里冰封,室内却是暖气融融。我觉得,在世态炎凉中,还有不炎凉者在。这一点暖气支撑着我,走过了人生最艰难的一段路,没有堕入深涧,一直到今天。

　　我感觉到悲,又感觉到欢。

　　到了今天,天运转动,否极泰来,不知怎么一来,我一下子成为"极可接触者"。到处听到的是美好的言词,到处见到的是和悦的笑容。我从内心里感激我这些新老朋友,他们绝对是真诚的。他们鼓励了我,他们启发了我。然而,一回到家里,虽然德华还在,延宗还有,可我的老祖到哪里去了呢? 我的婉如到哪里去了呢? 世界虽照样朗朗,阳光虽照样明媚,我却感觉异样的寂寞与凄凉。

　　我感觉到欢,又感觉到悲。

　　我年届耄耋,前面的路有限了。几年前,我写过一篇短文,叫《老猫》,意思很简明,我一生有个特点:不愿意麻烦人。了解我的人都承认的。难道到了人生最后一段路上我就要改变这个特点吗? 不,不,不想改变。我真想学一学老猫,到了大限来临时,钻到一个幽暗的角落里,一个人悄悄地离开人世。

　　这话又扯远了。我并不认为眼前就有制订行动计划的必要。

我还有很多事情要做,而且我的健康情况也允许我去做。有一位青年朋友说我忘记了自己的年龄。这话极有道理。可我并没有全忘。有一个问题我还想弄弄清楚哩。按说我早已到了"悲欢离合总无情"的年龄,应该超脱一点了。然而在离开这个世界以前,我还有一件心事:我想弄清楚,什么叫"悲",什么又叫"欢"?是我成为"不可接触者"时悲呢,还是成为"极可接触者"时欢?如果没有老祖和婉如的逝世,这问题本来是一清二白的。现在却是悲欢难以分辨了。我想得到答复。我走上了每天必登临几次的小山,我问苍松,苍松不语;我问翠柏,翠柏不答。我问三十多年来亲眼目睹我这些悲欢离合的二月兰,她也沉默不语,兀自万朵怒放,笑对春风,紫气直冲霄汉。

一九九三年六月十一日写完

清塘荷韵

楼前有清塘数亩。记得三十多年前初搬来时，池塘里好像是有荷花的，我的记忆里还残留着一些绿叶红花的碎影。后来时移事迁，岁月流逝，池塘里却变得"半亩方塘一鉴开，天光云影共徘徊"，再也不见什么荷花了。

我脑袋里保留的旧的思想意识颇多，每一次望到空荡荡的池塘，总觉得好像缺点什么。这不符合我的审美观念。有池塘就应当有点绿的东西，哪怕是芦苇呢，也比什么都没有强。最好的最理想的当然是荷花。中国旧的诗文中，描写荷花的简直是太多太多了。周敦颐的《爱莲说》读书人不知道的恐怕是绝无仅有的。他那一句有名的"香远益清"是脍炙人口的。几乎可以说，中国没有人不爱荷花的。可我们楼前池塘中独独缺少荷花。每次看到或想到，总觉得是一块心病。

有人从湖北来，带来了洪湖的几颗莲子，外壳呈黑色，极硬。据说，如果埋在淤泥中，能够千年不烂。因此，我用铁锤在莲子上砸开了一条缝,让莲芽能够破壳而出,不致永远埋在泥中。这都是一些主观的愿望,莲芽能不能够出,都是极大的未知数。反正我总算是尽了人事,把五六颗敲破的莲子投入池塘中,下面就是听天命了。

这样一来,我每天就多了一件工作:到池塘边上去看上几次。心里总是希望,忽然有一天,"小荷才露尖尖角",有翠绿的莲叶长出水面。可是,事与愿违,投下去的第一年,一直到秋凉落叶,水面上也没有出现什么东西。经过了寂寞的冬天,到了第二年,春水盈塘,绿柳垂丝,一片旖旎的风光。可是,我翘盼的水面上却仍然没有露出什么荷叶。此时我已经完全灰了心,以为那几颗湖北带来的硬壳莲子,由于人力无法解释的原因,大概不会再有长出荷花的希望了。我的目光无法把荷叶从淤泥中吸出。

但是,到了第三年,却忽然出了奇迹。有一天,我忽然发现,在我投莲子的地方长出了几个圆圆的绿叶,虽然颜色极惹人喜爱,但是却细弱单薄,可怜兮兮地平卧在水面上,像水浮莲的叶子一样。而且最初只长出了五六个叶片。我总嫌这有点太少,总希望多长出几片来。于是,我盼星星,盼月亮,天天到池塘边上去观望。有校外的农民来捞水草,我总请求他们手下留情,不要碰断叶片。但是经过了漫漫的长夏,凄清的秋天又降临人间,池塘里浮动的仍然只是孤零零的那五六个叶片。对我来说,这又是虽微有希望但究竟仍是令人灰心的一年。

真正的奇迹出现在第四年上。严冬一过,池塘里又溢满了春水。到了一般荷花长叶的时候,在去年漂浮着五六个叶片的地方,一夜之间,突然长出了一大片绿叶,而且看来荷花在严冬的冰下并没有停止行动,因为在离开原有五六个叶片的那块基地比较远的池塘中心,也长出了叶片。叶片扩张的速度,扩张范围的扩大,都是惊人地快。几天之内,池塘内不小一部分,已经全为绿叶所覆盖。而且原来平卧在水面上的像是水浮莲一样的叶片,不知道是从哪里聚集来了力量,有一些竟然跃出了水面,长成了亭亭的荷叶。原来我心中还迟迟疑疑,怕池中长的是水浮莲,而不是真正的荷花。这样一来,我心中的疑云一扫而光:池塘中生长的真正是洪湖莲花的子孙了。我心中狂喜,这几年总算是没有白等。

天地萌生万物,对包括人在内的动植物等有生命的东西,总是赋予一种极其惊人的求生存的力量和极其惊人的扩展蔓延的力量,这种力量大到无法抗御。只要你肯费力来观摩一下,就必然会承认这一点。现在摆在我面前的就是我楼前池塘里的荷花。自从几个勇敢的叶片跃出水面以后,许多叶片接踵而至。一夜之间,就出来了几十枝,而且迅速地扩散、蔓延。不到十几天的工夫,荷叶已经蔓延得遮蔽了半个池塘。从我撒种的地方出发,向东西南北四面扩展。我无法知道,荷花是怎样在深水中淤泥里走动。反正从露出水面的荷叶来看,每天至少要走半尺的距离,才能形成眼前这个局面。

光长荷叶,当然是不能满足的。荷花接踵而至,而且据了解荷花的行家说,我门前池塘里的荷花,同燕园其他池塘里的,都不一样。其他地方的荷花,颜色浅红;而我这里的荷花,不但红色浓,而且花瓣多,每一朵花能开出十六个复瓣,看上去当然就与众不同了。这些红艳耀目的荷花,高高地凌驾于莲叶之上,迎风弄姿,似乎在睥睨一切。幼时读旧诗:"毕竟西湖六月中,风光不与四时同。接天莲叶无穷碧,映日荷花别样红。"爱其诗句之美,深恨没有能亲自到杭州西湖去欣赏一番。现在我门前池塘中呈现的就是那一派西湖景象。是我把西湖从杭州搬到燕园里来了，岂不大快人意也哉！前几年才搬到朗润园来的周一良先生赐名为"季荷"。我觉得很有趣，又非常感激。难道我这个人将以荷而传吗？

前年和去年，每当夏日塘荷盛开时，我每天至少有几次徘徊在塘边，坐在石头上，静静地吸吮荷花和荷叶的清香。"蝉噪林逾静，鸟鸣山更幽。"我确实觉得四周静得很。我在一片寂静中，默默地坐在那里，水面上看到的是荷花绿肥、红肥。倒影映入水中，风乍起，一片莲瓣堕入水中，它从上面向下落，水中的倒影却是从下边向上落，最后一接触到水面，二者合为一，像小船似的漂在那里。我曾在某一本诗话上读到两句诗："池花对影落，沙鸟带声飞。"作者深惜这二句对仗不工。这也难怪，像"池花对影落"这样的境界究竟有几个人能参悟透呢？

晚上，我们一家人也常常坐在塘边石头上纳凉。有一夜，天空中的月亮又明又亮，把一片银光洒在荷花上。我忽听扑通一声，是我的小白波斯猫毛毛扑入水中，它大概是认为水中有白玉盘，想扑上去抓住。它一入水，大概就觉得不对头，连忙矫捷地回到岸上，把月亮的倒影打得支离破碎，好久才恢复了原形。

今年夏天，天气异常闷热，而荷花则开得特欢。绿盖擎天，红花映日，把一个不算小的池塘塞得满而又满，几乎连水面都看不到了。一个喜爱荷花的邻居，天天兴致勃勃地数荷花的朵数。今天告诉我，有四五百朵；明天又告诉我，有六七百朵。但是，我虽然知道他为人细致，却不相信他真能数出确实的朵数。在荷花底下，石头缝里，旮旮旯旯，不知还隐藏着多少菁葵儿，都是在岸边难以看到的。粗略估计,今年大概开了将近一千朵。真可以算是洋洋大观了。

连日来,天气突然变寒,好像是一下子从夏天转入秋天。池塘里的荷叶虽然仍然是绿油一片,但是看来变成残荷之日也不会太远了。再过一两个月,池水一结冰,连残荷也将消逝得无影无踪。那时荷花大概会在冰下冬眠,做着春天的梦。它们的梦一定能够圆的。"既然冬天到了,春天还会远吗?"

我为我的"季荷"祝福。

一九九七年九月十六日中秋节

以荷相传

——代后记

　　古今咏荷的美文层出不穷、举不胜举。古代周敦颐的《爱莲说》脍炙人口、世代相传；近代朱自清先生的《荷塘月色》，写月下荷花清幽缥缈；而当代季羡林先生的《清塘荷韵》，写荷之生命力则令人振奋不已。撒入池塘的五六颗莲子在淤泥中沉睡了两年，于第二个年头冲出硬壳，长出"几个圆圆的绿叶"，第四年竟然碧荷遮蔽了半个池塘，花开时红艳满目。每当我读起这篇文章，眼前就浮现出一池亭亭玉立的荷花和一位身着蓝色中山装的长者。慈祥的双目谦和地微笑着，睿智博学的头顶飘动着银发，这便是季羡林先生在我们学生心中永恒的形象。

　　季先生是深受北大师生爱戴的一代宗师，又是享誉中外的语言学家、翻译家、佛学家，还是别具一格的散文家。若借用日本的语汇来形容，季先生学识博大精深，可谓是中国学界的"人间国宝"。先生不仅通晓英、法、德三种外语，而且精通已经作古的梵文和吐火罗文，这在当今中国恐怕仅此一人而已，在世界上大概也为数不多。季先生不仅学识渊博，而且情操高洁、朴素谦和、胸怀豁达、硬骨铮铮，堪称学界的楷模。

　　季先生从十七岁便开始写作散文，至今已在散文的海洋里遨游了七十余载。散文是他在教学、研究、翻译的过程中，在近九十年的人生拼搏中,从心灵里流出的潺潺清泉,恰如万泉河水,碧波千顷,清澈见底。其散文作品相继收入《因梦集》《天竺心影》《朗润集》《燕南集》《万泉集》《季羡林散文全编》等,共计二百余篇。

季先生的散文有着深厚的底蕴。他从小便钟情于古代散文,熟背《古文观止》,并膺服庄周、韩柳、欧苏等,大学及留德十年,又使他广泛吸纳了西方文学的精华。由于两千年中国散文土壤的滋润,再加上他对东西方散文艺术的借鉴、吸收,使季先生的作品臻于二十世纪中国一流散文之列。

"真"与"朴"是季先生散文的两大特点,也是其散文的独特风格。正如季先生所追求的那样:"淳朴恬澹,本色天然,外表平易,秀色内含,形式似散,经营惨淡,有节奏性,有韵律感,似谱乐曲,往复回还……"

"真"即其散文是他心灵的一面镜子,真实地映照出近九十年坎坷、曲折、追求、奋斗的人生历程。文章中,饱含着他的痛苦与欢乐、忧伤与幸福、迷茫与豁达、苦涩与甘甜的文字,形成了其散文早期凄婉低回、中期昂扬勃发、晚期超然拔俗的格调;同时,季先生的散文也是二十世纪中国知识分子心理变迁的一面镜子。正如日本著名学者依田熹家所评述的那样:"它恰好传达了从五四运动直到现代、动荡时代里中国知识分子的心理变迁史。尤其是季羡林先生这样一位将中国自古以来的读书人的传统和西欧最高学术水平集一身的大学问家,是代表了这一方面的典型。"

季先生作品的字里行间饱含着真情实感,文章都是从心底"流出来的"。他反复讲:"我写东西有一条金科玉律:凡是没有真正使我感动的事物,我决不下笔去写。"因此,其作品真实地记录了他对知识分子乃至整个民族的思索,表现出对逆历史潮流而动的邪恶势力的愤慨,更倾泻出他对师友、对国际友人、对一切美好事物真挚的爱。

"朴"即他的散文朴实无华、小中见大,如同他一生经常穿在身上的蓝色中山装一样,形成了其散文的独特风格。作品题材大都是从描写身边琐事出发,如亲如手足的师友,塔什干天真的男孩儿,漫山遍野的二月兰,朗润园亭亭玉立的荷花,家中日夜陪伴的老猫……"谈身边'琐事'而有所寄托,论人情事局而颇具文采。小中见大,余味无穷。"他的散文语言具有质朴而凝炼的特点:在朴实中蕴涵着幽美,在静穆中饱含着热情,在飘逸秀丽中不失遒劲和锋刃;在纯朴亲切的娓娓道来中给人以强烈的震撼,在诙谐隽永的语言中蕴涵着深刻的人生哲理;在行云流水般的字里行间凸现着先生的人格魅力。

人如其文。当你读完这本散文集后,或许会和我一样移步踱至北大朗润园,去欣赏季先生亲手撒下的由周一良先生命名的"季荷"。站在满池映日荷花前,宛若自己也变成了一柄荷叶,和成千上万片荷叶紧紧相拥,拥托着那朵最红最香的"季荷"。荷清香四溢,悠悠飘去……

林江东

一九九九年一月二十六日

图书在版编目(CIP)数据

叩访名家:季羡林散文精选(少年版) / 季羡林著.
—杭州:浙江文艺出版社,2012.4(2014.1 重印)
ISBN 978-7-5339-3405-7

Ⅰ.①叩… Ⅱ.①季… Ⅲ.①散文集—中国—当代 Ⅳ.①I267

中国版本图书馆 CIP 数据核字(2012)第 048699 号

责任编辑　朱怡瓴
封面设计　水　墨
彩色插图　陶依妮

叩访名家：季羡林散文精选(少年版)

季羡林 著

出版　浙江文艺出版社
地址　杭州市体育场路 347 号
邮编　310006
网址　www.zjwycbs.cn
经销　浙江省新华书店集团有限公司
制版　杭州天一图文制作有限公司
印刷　杭州富春印务有限公司
开本　880 毫米×1230 毫米　1/32
字数　162 千字
印张　7.5
插页　2
印数　8001-10500
版次　2012 年 4 月第 1 版　2014 年 1 月第 2 次印刷
书号　ISBN 978-7-5339-3405-7
定价　18.00 元